はるひのの、はる

ha・ru・hi・no・no
-haru

加納朋子
Kano Tomoko

幻冬舎

はるひのの、はる

はるひのの、はる　目次

ブックデザイン
児玉明子

イラスト
十日町たけひろ

プロローグ

よく、こわい夢を見た。

目覚めてみると、何がこわかったのかわからない。普通の、だけど知らない光景だ。知らない人が、自分に何か言う。知らない道を、すべるように移動する。そんな光景の、割れたタイルみたいな断片だ。

ごく幼い頃には、わけもわからず、現実との区別も曖昧《あいまい》で、ただ恐ろしかった。夜中、火がついたように泣きだし、驚いて飛び起きた母にぎゅっと抱きしめられた。すると恐怖は嘘のように去り、また安らかな眠りへと落ちるのだった。

やがて、いつからかその夢が〈惹《ひ》かれた〉結果から見たのだということが、わかってきた。昼間、たまたま行き会ったもの、そこにたゆたうように存在していたもの、たぶん、この世のものではないもの……。

それらが、見せている。何か目的があるのか、そうでないかはわからない。見たからといって、何ができるわけではない。何かが変わるわけでもない。

たいていの場合、害はない。ただ、やはり何となく恐ろしい。

その夢を見ると、足許から水に浸かっていくように、哀《かな》しみとも恐れともつかないものが、静かに身体を包んでいく。隙間《すきま》なく、ぴったりと。次第に息苦しいような感じがしてきて、こめかみや脇の下に、ひやりと冷たい汗をかく。

抜け出す方法も覚えた。まず、これは夢なんだと自分に言い聞かせる。目を覚ませと自らに念じ、指一本でも動かせるようになると、母の掛け布団にその指先をそっと差し込む。母の体温で温まった空気に触れると、不思議とすべての違和感は溶けるように消えた。

気配に母が身じろぎし、「どうしたの？」と寝ぼけたような声で尋《たず》ねてくるときもある。そのときによって、「どうもしないよ」と答えたり、寝たふりをしたり、色々だ。母に伝えるのはためらわれたし、どう伝えていいかもわからなかった。

やがて、母が側にいなくても抜け出せるようになっていった。その世界には、必ずどこかに小さなほころびがある。世界を取り巻く皮膜みたいなものが、そこだけ薄かったり、穴が空いていたり……そんな感じだ。そこへ、錘《おもり》をつけた糸を垂らすようにして、狙《ねら》い澄ますようにいつもの世界へと戻る。静かに、慎重に。

目が覚めたとき、いつも少しだけ身体が重い。なぜだか後ろめたさに似たものが、蜘蛛《くも》の糸のようにまとわりついている。

自分に、人と違う物が視《み》えることがある……そのことに気づいたのは、さて、いつからだったか。ごく幼い頃は、それは当然そこにあるものとして、ただ存在していた。区別なんてついていなかった。指をさしたり、人に問うたり、そうした意思表示ができるようになると、とたんに首を傾《かし》げられることが多くなった。

とっさに、失敗した、言わなきゃよかったと思う。相手の反応を見て、「なんでもない」とごまかす癖《くせ》がついた。それは何かのおまじないにも似て、本当にそうつぶやいてからまたそちらを見ると、最初からそこには何も存在していなかったみたいにふっとそれが消えていることがあった。

すると、夢から覚めたときのように、罪悪感めいた感情が足許を濡《ぬ》らす。悪意無しに、遊んでいて蜘蛛の巣を引っ掛けてしまったときのように。ああ、申し訳ないことをしたと思う。たぶんあれらはあわ雪のように儚《はかな》いもので、発現したと同時にふっと消えてしまったりするものなのだ。

けれどそれならなぜそこに在るのだろう？　そしてなぜ自分にだけ、それが視えるのだろう？

母だけは、別だった。母には視えない何かを息子が視ていると気づいても、決して首を傾げたりはしない。むしろ切ないような期待を込めて、こう尋ねるのだ。

「知っているひと？」

そっと首を振ると、少し残念そうに、けれど笑ってうなずくのだ。

「そう」と。

一度だけ、「羨ましいわ」と、本当に、心底羨ましそうに言われたことがある。母の言葉はまさに魔法だった。この記憶のおかげで、生きるのがずいぶん楽になった。自分はもしかして人と違っている部分があるけれど、それは決して悪いことではないのだと、単純に納得することができたから。

どんな場合であっても、否定よりは肯定の方が、厭世《えんせい》よりは楽天の方が、いくらかマシだと思っている。

だから幼い頃はともかく、今はこの件について悩んだり恐れたりすることはない。母には感謝している。そしてもう一人、母と同じくらい……もしかしたらそれ以上に、感謝している人がいる。

――僕はたった今、その恩人に生まれて初めて会った。

その瞬間、相手は大きく両の目を見開き、それからかすかに微笑《ほほえ》んだ。僕がよく知っている、微笑みだった。

そしてその人は今、静かに息を引き取ろうとしている。

「――ユウスケ……」

彼女はかすれた声で、僕の名を呼んだ。僕はそっと近づき、彼女の手を握る。温かく、柔らかい手。

彼女の指に込められた、わずかな意思を読み取って、僕はそっと彼女の口許に耳を寄せた。

「きっと会いに……」

聞き取れたのはそこまでだ。彼女の唇は、「に」と発音したままの、微笑むような形で永遠に凝固した。

二度と発することのない言葉の続きを、たぶん僕は知っている。

きっと会いに行くね。

そう言ったのだ、彼女は。


「――ご臨終です」

医師が静かに告げる。

その瞬間、僕は僕の初恋を、永遠に喪《な》くした。

はるひのの、はる

1

その記憶は、もしかしたらもっと遡《さかのぼ》ることができるのかもしれない。ただ、僕がはっきりと覚えているのは、小学校に上がる前の春のことだった。

佐々良《ささら》川のほとりに、半月形をした広い原っぱがある。昔、川がくねくねと蛇行《だこう》していたなごりらしい。中でもそこは、百歳の老婆の腰みたいに、大きく湾曲していた箇所だ。大型台風だの集中豪雨だのがあるたび、堤は決壊して付近に大きな被害をもたらしていたそうだ。

戦後に大規模な河川工事をして、川もずいぶん姿を変えた。老婆は少し若返り、腰も少しはしゃんとした。しかしさすがに気をつけの姿勢までには持って行けず、今でもそこは、年に一度くらいは水を溢《あふ》れさせてしまう、危険地帯である。だから家を建てるにはもちろん、畑にするのも不向きな土地だ。都会ならともかく、こんな田舎じゃ他にもっとマシな土地はいくらでもあるだろうから。

遊水地と呼ぶのだと、後に知った。もちろん子供にとってはただの、だだっ広い草っぱらだ。溢れた水を逃がし、遊ばせるというこの原っぱで、しかし子供たちが遊ぶ姿はあまり見かけることはなかった。こういう湿気《しけ》た草原は、いかにもマムシが出るのには似つかわしかったから。

大ちゃんからも言われた。

「あそこで遊ぶときには、長い棒を持ってけよ。それで草を叩《たた》いていけば、毒蛇《どくへび》も逃げるから」

　大ちゃんは年上の、血は繋《つな》がっていないけれども従兄《いとこ》みたいな存在だ。

「やぶ蛇にならなきゃいいけどね」と大ちゃんのお母さんからは笑われたけど、それからというもの、その原っぱに行くと真っ先に手頃な棒っ切れを探すようになった。

　ただ、僕自身はそこでマムシにしろそれ以外にせよ、蛇を見たことはなかった。

「ここにマムシはいないよ」

　そう言い切った人もいる。原っぱで時々出会うおじいさんだ。長く伸びた白い顎鬚《あごひげ》が子供心にたいそう魅力的で、母と草摘《つ》みの途中、おじいさんを見かけるといつもそこで立ち止まり、おじいさんを（と言うよりはその美しい髭を）まじまじと見やった。

　おじいさんはどこか眩《まぶ》しげにこちらを見やり、はにかんだように笑った。

　以来、おじいさんは僕を見かけると、ぽつりぽつりと話しかけてくれる。

　最初は、僕が握った棒をちらりと見て、まるで独り言みたいに言った。

「坊主、むやみと棒っ切れを振り回すもんじゃない。男の子ってやつはこれだから」

　まるで、自分に男の子だった頃がないみたいな言い方だ……本当に、そんな時代はなかったのかもしれないけど。むしろ、生まれ落ちた瞬間から白い立派な髭を生やしたおじいさんだったのかもしれないけど。

「でも、悪い毒蛇が出るんだ」

この棒には立派な役目があることをわかってもらいたかった。

「ここにマムシはいないよ」ぽいと言葉を投げ出すような素っ気ない口調ながら、目だけはかすかに笑っていた。「わしが全部捕まえて食っちまったから」

その言葉に、僕はびっくりして目を見開いた。

「食べたの？　おいしいの？」

おじいさんはにやっとして答えた。

「あれには滋養があるんだ。薬だな」

僕の頭の中には蛇を丸呑みするおじいさんの姿が浮かんだ。すごい人だと思った。

あるとき家で描いていた絵を、母が覗《のぞ》き込んで言った。

「あら、これだあれ？」

「マムシのおじいさんだよ」

得意になってそう答えた。実際その似顔絵は、かなりよく描けていたと思う。

母はふわっと笑って言った。

「なんだかおじぞうさんみたいな人ね」

言われてみれば、確かにつるりとした頭と笑った目がおじぞうさんみたいで、それからはおじいさんは僕の中で「マムシのおじぞうさん」になった。そしてあの原っぱは、前に思っていたような怖い場所ではなくなった。

春になるたび、僕は母と共によくその土手に行く。原っぱを半円形にゆったりかこう、お盆の縁《ふち》みたいな土手だ。土手の上は一応舗装された道路だが、道幅はあまり広くはない。

母の目的は、その時々に応じて色々だ。フキノトウだったり、菜の花だったり、つくしだったり、ヨモギだったり、野芹《のぜり》だったり。カラスノエンドウやハコベやナズナやタンポポの若い葉だったり（時にタンポポは根まで取り、きんぴらにしたりする）。水辺には野生のクレソンや三つ葉まで生えている。それらをせっせと摘み取っては、自分たちで食べたり、仲良しのおばあちゃんたちと分けたりしていた。

ノビルは根ごと引き抜き、青い葉から根っこの球まで色々調理して食べる。肉と一緒に味噌炒めにしたり、刻《きざ》んでハンバーグや餃子《ギョーザ》に入れたり。ずいぶん大きくなるまで僕は、カレーライスに添えてあるノビルを、らっきょうだと思い込んでいた。外で初めてカレーを食べたとき、その粒の大きさにびっくりしたものだ。味もなんだか違っていた。らっきょう液に漬け込んだノビルが、我が家のらっきょうだったとその後知った。味噌漬けだのオイル漬けだの醤油漬けだの、母手製の色んな保存食が、我が家の食器棚には並んでいた。干したゼンマイやワラビ、笹茶やスギナ茶、野いちごやイタドリのジャムなんてものまであった。道ばたの雑草みたいな草だって、てんぷらにしてしまえばまず大抵は美味しく食べられる。野菜屑のかき揚げに、鮮やかなグリーンを添えているのが、カラスノエンドウの若いさやだったりもした。

「自然の恵みよ」と母は笑ったが、正直子供の舌には苦手な味のものもあった。けれど母が喜んでくれるから、一生懸命に手伝った。春のよもぎ餅《もち》や、野いちごのジャムを載せたパンケーキなんかは、大好きだった。大喜びで食べる僕を満足げに見つめながら、「春は野菜を買わなくていいから助かるわ」などとつぶやく母であった。

母一人子一人で、決して裕福ではなかったが、つましい倹約精神からだけで母がそうしているようでもなかった。いつも母は、とても楽しそうだった。「春の恵みを分けていただく」ときに限らず、いつだって母は日々を味わうように、そして楽しくてならないというように、嬉《うれ》しげに生きていた。

母曰く、生きていくこととはつまり、食べていくことだ、と。そして、美味しく食べることは楽しく生きることと同じなのだ、と。

ときに自然の恵みは苦くとも、母が明るく楽しげである限り、この世もまた、僕にとってはおおむね明るく、楽しい場所だった。幼い僕がそうと意識していたわけじゃないが、世界は常に、僕をふんわり優《やさ》しく包んでいたように思う。

春だった。桜が咲いていたから、たぶん小学校に入学するよりも前の春。もしかしたらもっと前のことかもしれない。記憶は春の霞《かすみ》のようにおぼろで、ぼんやりしている。

とにかく、桜が咲いていた。

母は僕を連れて、当たり前のように川べりの原っぱへ行った。着くなり母は土手を眺め渡し、お気に入りの籠と共に、少しずつ移動を開始する。僕ももちろん、母の手伝いをして、そこらの草を摘み取っていく。母に手渡した獲物は、にっこり笑って籠に入れてもらえることもあれば、「これはおいしくないの」と柔らかく除《の》けられることもあった。母はもしかしたら、川原のすべての草を食べ、その味を知っているのかもしれなかった。

やがて僕は草摘みに飽きてしまい、そこらを探検することにした。

一人であまり川に近づいてはいけないと言われている。土手を上りきって、道路に出てもいけないと言われている。あなたが溺《おぼ》れたり、車に轢《ひ》かれてしまったら、その瞬間に世界が終わってしまうから、と。この世にあるすべてのものが、たちまち消えてなくなってしまうから、と。

それはきっと、大変なことなのだろう。そう思ったから、僕は素直に母の言いつけを守っていた。もともと「こうしましょう」とは言っても、「いけない」という言葉をたくさん使う母ではない。だからだろうか、ごく稀に彼女がそれを口にするとき、胸がざわめくような切迫感が共に投げかけられているように思う。だから僕はごく幼い頃から、母の厳《おごそ》かな「いけない」については、とてもひたむきに守り通してきた。それはごく神聖な、禁忌だった。

春の野は柔らかな緑に覆われ、土はしっとりと湿っていた。草の丈《たけ》はまだ、幼かった僕から視界を奪うほどには高くなく、遠くに銀色に輝く水の帯が見えた。川の流れはとても魅力的だったけれども、行きたければ母の手を引いてあとで一緒に行けばいい。

屈《かが》み込んでせっせと草摘みをしている母を心の端に留めながら、僕は広い川原をぐるりと眺め渡した。

思いがけず、人がいる。

まず土手の上。赤錆《あかさび》の浮いたバス停の標識の脇に、オンボロのベンチが置いてある。その一番端っこに、横向きになってちょこんと腰を下ろしているのは、マムシのおじぞうさんだった。両手を膝の上に揃《そろ》えて、何だか困ったような顔をしているのが、妙におかしかった。

そして土手を降りて少し先。大きな木の下に、家族らしい人たちがいた。真っ白いシートの上に、お父さんらしい男の人、お母さんらしい女の人、そして僕より少し年上らしい男の子が、きちんと膝を揃えて座っていた。

僕はぽかんと口を開けて、しばらくその光景に見入っていた。

自分が母一人子一人の母子家庭に生まれ育ったことを、哀《かな》しいとか辛いとか思ったことは一度もない。けれど、やっぱりそこに「父親」がプラスされた、世間ではごく当たり前であるらしい家族の形に、憧れがないと言ったらやはり嘘になる。写真でしか知らない父と、父のことが大好きだったという母と、僕と。三人で、あんな風にピクニックしてみたかったという思いもある。

そのときの僕にはもちろん、なにかふわりとした「いいなあ」という気持ちが胸に浮かんだだけだった。

そこでゆっくり近づいていき、声をかけてみた。

「こんにちはっ」

おや、という風に、家族はいっせいに僕を見た。少し、頬が熱くなる。

「こんにちは」

女の人が、にっこり笑って言う。

「何をしているの？」

そう尋《たず》ねたのは、近づいて見てみると、ピクニックというには少しおかしな雰囲気が漂っていたからだ。

白い四角い布の三つの隅に、三人はきちんと正座している。そして三人が三人とも、てんでバラバラな方角を見やっているのだ。シートには、食べ物や飲み物が置いてあるわけでもない。

「お花見です」

そう答えたのは男の人だ。

「お花見？」

びっくりして見上げた頭上には、確かに木がごつごつした枝を伸ばしていた。が、花なんて一輪も咲いていない。

お花見というものは、満開の桜の木の下でやるものだということは、すでに僕も知っていた。

「あっちに、もっといい木があるよ」

僕は親切のつもりで、土手の上に並んだ桜の木を指差した。煙るような淡いピンクで、遠目にも目を引く美しさだった。

「ああ、そうだね」男の子が、ちらりとそちらを見やって言った。「でも、この木でなけりゃ、だめなんだ」

「ああ、そうなの？」

僕は白い布の片隅に、そっと腰を下ろした。

何だかよくわからなかったけれども、僕はこの一家が好きになっていた。とても穏やかできちんとしている。後から思えば僕もずいぶんと不躾《ぶしつけ》なことをしたものだと思うが、三人は特に拒否することもなく、静かに僕を受け入れてくれたように見えた。

そんな風にして座ると、景色が少し変わる。風に揺れる草の色も少し変わり、土の匂いが少しだけ強くなる。

「ああ、春は、本当に気持ちがいいこと」

歌うように楽しげに女の人が言い、僕は「ほんとうだー」とうなずいた。それから相手の顔をまじまじと見やった。女の人はくすぐったげに笑う。その顔に、なぜか見憶えがあるような気がしてきた。

「おばさん、前にどこかで会った?」

そう尋ねると、女の人はきょとんと首を振った。

「さあ、覚えがないわねえ」

「そっか、かんちがい」

おどけたように言ったのが面白かったのか、男の子が「かんちがい」と僕の口真似をして笑った。

「こらこら、年下をからかうものじゃない」

男の人が、穏やかに注意する。男の子は「はあい」と答えてぺろりと舌を出した。

「……時に」しばらくの沈黙の後、女の人が言った。「坊やくらいの子、見なかった?」

「え?」

唐突だったこともあり、僕はぽかんと首を傾《かし》げた。

「うちのチビちゃんがね、見当たらないの」

男の人も言った。

「私たちは子供を探しています」

「迷子になっちゃったの」

男の子がつけ加える。それぞれ、違う方を見たままだが、声はとても優しい。

「今までずっと探していたのだけれど、疲れてしまって今は休んでいるところなのよ」

女の人は、とても哀しそうだ。

「わかった」と僕は立ち上がった。「探してみるよ。見つけたら、ここへ戻るように言うね」

そう言ったら、三人が一度にこっちを見て、すごく嬉しそうに笑った。

嬉しくなって、僕は野原を子犬みたいにぴょんぴょん跳ねながら走り回った。

草の丈はまだ、高くても僕の膝くらいしかなかった。離れたところに屈んで草を摘む母の姿が見える。木の下には三人の家族がいる。それ以外、人の姿は見当たらない。土手の上にいたマムシのおじぞうさんも、いつの間にかいなくなっている。

ぐるぐるぐるぐる、野原を駆け回っているうち、「おや？」と引っかかることがあった。どこまで行っても草の緑と土の色が大半の景色の中、異質な色が紛れ込んでいたのだ。

遠くの川岸に、赤い色がちらりと見えた。

離れたところから見るだけ。川には近づかない。そう自分に言い聞かせながら、そちらににじり寄っていく。異様に鮮やかな赤は、少しずつ、大きくなっていく。

胸がどきんと鳴った。

草に半ば埋もれるように、人が倒れていた。

女の子だ、と思った。

赤いワンピースを着た、女の子。たぶん、僕と同じくらいか、もう少し小さい子。

赤い花びらみたいにスカートの裾がひろがり、飛んできた桜の花びらが水玉のように散っていた。

その姿を見た瞬間、ひやりとした手でいきなり首筋を撫《な》でられたような気がした。

俯《うつぶ》せになった頭が、完全に水に浸かっている。髪の毛が、黒い藻《も》のように浅い流れに揺れていた。

そこに倒れているのは、紛れもなく〈死〉そのものだった。

2

僕の喉元にとんがった空気の塊《かたまり》がせり上がり、それが叫び声となって飛び出す寸前、ふいに後ろから手首を強くつかまれた。

瞬間、心臓がまたどきんと跳ね上がる。

「見ちゃダメ」

手首を引かれて振り返った目の前に、髪の長い女の子がいた。歳《とし》はたぶん僕と同じくらい。吸い込まれそうに大きな眼が、ひたと僕を見据えている。

「こっち」

短く言われたと思うと、握った手首をそのままに、彼女はいきなり走り出した。つんのめりそうになりながらも、わけもわからず僕も走り出す。

「ごめんね、また遅くなっちゃった」

走りながら女の子は謝るが、やはり意味がわからない。ぽかんとするばかりの僕に、その子は続けて言った。

「――助けて欲しいの、ユウスケ」

その言葉に、僕ははっと我に返った。

「あの子、助けないと。大人の人に報《しら》せないと」そう叫び返し、無理やり立ち止まった。「そうだっ、あの子、家族で来てた子だよ。僕が探してあげるって約束した子だよ」

走ったせいばかりじゃなく、胸が異様にドキドキしていた。僕と同じように荒く息をつきながら、女の子は低い声で言った。

「それは違うよ。ユウスケが探してた子とは別。ほら、見て」

女の子が指差す先に、バス停があった。先頭にお父さんが立ち、次にお母さん、お兄ちゃん、ときて、もう一人小さい男の子が並んでいる。遠くてよくわからないけれども、初めて見る子らしかった。

川の上流方向から、バスがやってきた。今までに見たこともない、おかしなバスだった。まるで普通の車みたいに、鼻先が飛び出している。バスが停車すると、大人二人がふっとこちらを見た。僕にお礼を言うように、二人同時に深々と頭を下げた。子供たち二人は、大きく手を振っている。

「迷子が見つかったんだ……」

僕も手を振り返しながら、バスに向かって走っていった。四人はきちんと並びながら、順々にバスに乗り込んでいく。

バスの窓に、先客の姿が見えた。

赤い服を着た、女の子に見えた。女の子はほんの一瞬、景色を見るように振り返った。肩までの髪が、さらりと揺れた。

僕は水の中で黒い藻のようにひろがっていた髪の毛を、ぼんやりと思い出していた。

考えるより先に、身体が動き出していた。なにか、おかしい。なにか、へんだ。

バスに向かって走り出した途端、女の子の声が僕の背中をたたいた。

「行っちゃダメ。ユウスケはあのバスには乗れないよ」

「乗らないけど……」僕は気勢を削《そ》がれてぼそぼそとつぶやいた。「どうして？」

「どうしても」

少し厳しい顔で、女の子は言う。

「どうして、僕の名前知ってるの？」

さっきから女の子は、当たり前のようにユウスケ、ユウスケと呼ぶ。

「――誰？」

重ねて問うと、女の子はきょとんとした顔をした。

「私たち、今、初めて会った？　前にも会わなかった？」

「……忘れちゃった、ごめん」

「謝らないで」と言って女の子はにこりと笑った。「私はユウスケを知っているけど、ユウスケは私を知らなくても仕方がないの。私のことは、はるひって呼んで。このはるひ野と、おんなじ名前だよ」

「ここ、はるひ野って言うの？」

「そうよ。ほら、バス停にもそう書いてある」

はるひが指差した先を見て、あっと思った。はるひがちょっと、しまったという顔をする。

バスはあっという間に、走り去っている。もう影も形もない。そしてバスの忘れ物みたいにして、ベンチの上に寝そべっている人がいた。遠くてよく見えないけれど、垂れ落ちて風に揺れている白い髭に見憶えがあった。

「マムシのおじぞうさんだ」

どうしてあんなところで寝ているんだろうと思いながら、そちらに駆け寄ろうとしたらまた、手首をぐいと引かれた。まるで女の子がリードを持った飼い主で、僕はしつけの悪い犬っころみたいな扱いだ。

「そっちにも、行ってはダメ」

「どうして？」

「どうしても」

強い光をたたえた眼が、じっとこちらを見返している。

胸がざわめく。ごく短い時間に、色々なことがありすぎて、頭の中がごちゃごちゃになっていた。

そもそもは、迷子の子を探してあげようとして、でも水辺で女の子が倒れていて、その子は迷子とは別の子で、でも死んでいるように見えた女の子がバスに乗っていて、迷子の子はいつの間にか見つかっていて、やっぱりバスに乗っていて……。

そしてマムシのおじぞうさんは、ベンチの上に寝そべったまま、ぴくりとも動かない。

おかしなことだらけだった。

まるであの、こわい夢の中にいるような感じだ。若草に覆われ、さんさんと春の陽を浴びていたはずの明るい野原が、ふいに、しんと冷たい〈死〉に埋め尽くされてしまったような気がした。

以前から、密かに疑っていたことがあった。マムシのおじぞうさんはひょっとして、僕だけに視《み》えている人なんじゃないかって。

だって母も野原でよく見かけているはずなのに、僕の絵を見ても、ちっとも気がつかなかった。あの絵は我ながら、とてもよく描けていたのに。

そしてまた、花見をしている一家を見たときに、ちらりと考えたことがあった。

もしかしてこの人たちは、とうのむかしに死んでいる人なんじゃないか？　僕はまた、普通の人には視えないはずのものを視てしまったんじゃないか？

もしかしてこの原っぱには、死んでいる人たちしかいないんじゃないか……。

暖かい春の日差しを受けているはずなのに、なぜだかひんやりとしたゼリーに覆われているような奇妙な感覚があった。それは、あの夢を見ているときと、とてもよく似ていた。

僕は自由な方の手で、自分の胸をそっと押さえてみる。胸がドキドキいっている。大丈夫、ちゃんと、僕は生きている。僕の手首をつかんだはるひの手もまた、温かい。はるひもまた、ちゃんと生きている。

「……えっと、はるひ、は、ちゃんと生きているんだよね？」

言葉に出して、そう確認せずにはいられなかった。誰かに向けて、そんな問いを発するのは、もちろん初めてだった。

はるひの手に、力がこもった。

「生きているよ、ちゃんと」

「あのバスは何？」

「それは私にもわからない」

「そう……」

頭の中が、まだごちゃごちゃのままだった。もっと他に聞くべきことがあるような気がするのに、いざとなると、何ひとつ言葉が出てこない。代わりにはるひが、僕の顔を覗き込みながら言った。

「ねえ、ユウスケ。このままじゃ、ダメなの。でもとても難しくて……お願い、手伝って。私一人じゃ無理だったの。もうそんなに時間がないの」

「見て」と女の子がスカートのポケットから取り出したのは、銀色の大きなペンダントみたいなものだった。パチンと音を立てて、まるで鍋の中の貝が開くように蓋《ふた》が開いた。

「時計？」

「そう、懐中時計っていうの」

「動かないの？」

僕はぴくりとも動かない針と、何か不思議な光沢を放つ文字盤とを眺めて尋ねた。

「針はとまってるわ。竜頭もおかしくなってる。けど、針を巻き戻すことはできるの」

「りゅうず？」

言っていることが、まるでわからなかった。女の子の口調は、まるで大人みたいだった。そして内容もまた、大人の話みたいで、ちんぷんかんぷんだった。

「これはね、私のお父さんからもらった時計よ。いい？　しっかりつかまっていてね」

はるひの言葉にはなぜだか逆らえない力があった。言われるまま、彼女の腕にそっとつかまる。はるひが眼だけで「もっと力を入れて」と言い、指にぐっと力を込める。

はるひが、何やら時計をいじり、ささやくように言った。

「マ・キ・モ・ド・シ」

瞬間、ぽわーんと風のような音が響いた。電車に乗っていて、トンネルに入ったときみたいな音だった。と同時に、身体全体に、押し潰した空気の塊を投げつけられたような気がした。まとわりついていた冷たい気配は、瞬時に弾けてなくなった。

思わずひゃっと目をつぶり……そうして眼を開けた。

3

「——こっち」

僕の手を引き、はるひが歩き出した。

目をつぶる前と後では、何ひとつ変わっていない。周囲にひろがるのは、若草と土と空ばかり。

ふと、はるひの足が止まった。

「あら、ユウスケ。保育園のお友達？」

思いがけないほど近くで、母の声がした。

「そうなの」僕の代わりにはるひがにっこり笑って答える。「ねえ、ユウスケ君と一緒に遊んでていいですか？」

「良かったわねえ、ユウスケ。川と道路には近づかないでね」

反射的に「うん」とうなずく。そのときに見えた母の籠の中には、若草は一本も入っていなかった。

ひっくり返しちゃったのかな……。

深く考える間もなく、はるひは僕の手を引いたまま再び歩き出す。引っ張られるみたいでいやだったので、一度振りほどき、ちゃんとつなぎ返した。はるひはまったく気にした風じゃない。ひたすら、ずんずん歩いて行く。

「ねえ、ユウスケ」

振り返りもせずに、はるひは言った。

「怖がらなくて、大丈夫だからね」

「え？」

「ユウスケのお母さんが言ったとおりだから。もし、ユウスケにだけ視えてしまう人たちがいても、それは怖いことでも、悪いことでもないの。うまく説明できないけど……たとえば犬は、人間にわからないようなかすかな匂いがわかるじゃない？　人にわからないからって、ないわけじゃない。匂いはちゃんとある。それと同じなの。もしかしたら、そのせいで嫌な匂いを嗅いじゃうこともあるかもしれないけど、警察犬みたいに、誰かを助けることだってできるかもしれないんだよ」

僕は途方に暮れていた。

なぜこの子は、自分と母以外は知らないはずのことを、こんなにもよく知っているのだろう？

はるひの口調は、とても優しかった。もしかしたら、母と同じくらいに。

僕はどう答えていいかわからず、はるひの手を握る指に、少しだけ力を込めた。

「そこにちゃんといるのよ、あの人たちは」手を握り返してくれながら、はるひは言う。「他の人に視えないからって、いないわけじゃない。ただユウスケは、あの人たちを視ることができる眼を、たまたま持ってただけ……」

はるひの言うことはやっぱり、ちゃんとは理解できなかった。ただその言葉は、無性に心地よく、安心できた。迷っているかもしれないと、不安に思い始めた道の途中に、ふいに現れた力強い矢印みたいだった。

「……ねえ、ユウスケ」はるひはなおも、とても優しく語りかけてくる。「私には、やらなきゃならないことがあるの。間違っていることを、正しいものに変えなきゃならないの。だから……」

思わず、終いまで言わせず引き取った。

「僕が手伝うんだね。何をしたらいいの？」

この子の願いを叶えてやりたいと、強く思ったのだ。

はるひは歩きながら言った。

「さっきの女の子を助けるの」

「だって……もう死んじゃったんでしょ?」

小声でつぶやく。

助けるって言っても、川から引き上げて、濡《ぬ》れた顔を拭いてやって……それからどうしたらいいのかわからない。それだけだって大変なことだし、なんだかとても恐ろしい。そりゃ助けられるものなら助けたいけど、そんなの無理だよ、と正直思う。

「だから巻き戻したの。今度こそ、助ける。だからユウスケは、私を助けて」

「はるひの言うことは、よくわかんないよ」

それもまた、正直な思いだった。

「わかるよ……今はわからなくても、もっと後になったら……だからお願い」はるひは振り返って僕をじっと見た。「お願い、助けて。そんなに難しいことじゃないの、これから会う人に私が話しかけるから、ユウスケは私の言ったことをくり返したり、そうだよねってうなずいてくれればいいの」

「それだけ?」

「そう、それだけ」

少し、ほっとした。確かにそれくらいなら、僕にもできそうだった。

「ほら、向こうから歩いてくる人」

はるひがそっと言い、つないだ手に力を込める。

「あの、頭ボサボサの人？」

髪の毛が伸び気味で、青白い顔で頬のこけたおじさんが、土手の上を歩いてくるのが見えた。

「しっ、聞こえないようにね」小声ではるひは注意する。「指差したりも、しちゃダメ。あの人、すごくイライラしているから」

確かに、ちらりと見ただけでそのおじさんは、何だか怖い感じがした。口はへの字に結ばれて、眼が少し赤い。上着のポケットに両手を突っ込み、肩を怒らせて歩いていた。

近づくにつれ、何かぶつぶつ言っているのも聞こえる。「クソッ」とか、「チクショー」とかそういう、あまりいい言葉じゃないみたいだった。

「こんにちは」

驚いたことに、いきなりはるひはおじさんにそう挨拶《あいさつ》をした。相手も少し驚いたらしく立ち止まり、それから僕らを見て鋭い舌打ちをした。「なんだ？」と言うように、ぎろりと睨《にら》まれる。

「あのね、私たち、ユウくんのお母さんと一緒に来たの」

はるひは早口に言い、野原の真ん中で川の方を向いて草摘みをしている僕の母を指差した。

おじさんはつられたように、ちらりとそちらを見やる。

「お父さんたちもすぐくるんだよねー、ユウくん」

はるひの指に力がこもり、慌てて僕もうなずく。

「そうだよねー」

「あのね、ユウくんのお父さんはおまわりさんなんだ。ねーユウくん」

「そう、おまわりさんなんだ」

「でね、私のお父さんは消防士さん。今からみんなでお花見するの。消防署と、警察署のお友達もいっぱいくるんだって。ねー、ユウくん、楽しみだねー」

はしゃいだようにはるひは言う。

「そうだよねー、楽しみだねー」

馬鹿みたいに僕は繰り返す。

目の前のおじさんは、明らかにいっそう機嫌が悪くなった。それとは反対に、はるひはさらにはしゃいだ声で言った。

「あ、向こうの橋を渡ってきた車、お父さんたちじゃない？　おーい、おーい」

お終いの方は、びっくりするくらいの大声だ。

おじさんはうるさそうに手を振って、土手を降りていってしまった……川原とは反対側の方向へ。

はるひはその背中をじっと見送っている。ぎゅっと握ったままの手が、細かく震え出していた。

はるひが言っていた橋の方を見やったが、車なんて一台も走っていなかった。はるひが並べ立てたのは、最初から最後まで丸ごと嘘八百だ。僕におまわりさんのお父さんなんていない。たぶんはるひにも、消防士のお父さんはいないのだろう。

嘘は良くない。そんなこと、誰だって知っている。

だけどこれは、どうしても必要な嘘だったんだ……。

はるひの真剣な顔を見なくても、震える手を感じなくても、なぜか僕にはわかっていた。彼女の言うことなすこと、わからないことばかりだったけれども、それだけはわかった。だからもう、「どうして?」とは尋ねなかった。

「これできっと大丈夫。これできっと、あの子は助かった……」

はるひは水から出たばかりみたいに、大きく息をついた。

「……ねえ、ユウスケ。人はね、ほんの時々、落とし穴みたいにして悪いことをしてしまうことがあるの。色々な辛い出来事が重なって、それが限界を超えているようなときに、ふっと悪い道にさまよい込んでしまったりするの。魔が差すなんて言い方もするけれど……時と、場所と、人との全部が出会い頭にぶつかるようにして、一番悪いタイミングで揃ってしまうことがあって……それでも、悪いことをする人が絶対に悪いんだけれども、でもその人は、そのとき色んな条件が揃いさえしなければ、一生、そんなことをせずに済んでいたかもしれないの……わかる？」

そう問われ、僕は正直に首を振った。

「わかんない」

はるひはふわりと笑った。さっきまでの緊張した面もちとは、まるで違っていた。

「うん、そうだね。これも、後できっとわかる日がくるよ。何をどうしたって結局、最悪なことをしでかしてしまう人がいる。でも、あるひとつの条件が変われば、それをしないでいられる人もいる。私たちがやったのは、そういうこと」

「わかんないよ」僕は頬をふくらませた。「じゃあ女の子はどこいったの？　迷子の男の子は？」

「女の子は無事よ。男の子は……すぐには家族と会えないかもね」

「そんなの、かわいそうだ」

「そうね」はるひは少しうつむいた。「でも、どうしても、やらなきゃいけなかったの。こうするのが一番良かったの。それは結局、二人の人を救うことになるし」

「二人？」

「うん。人一人の命は、未来を大きく変える力を持っている。それが二人ならもっと、三人ならもっと大きく、未来は変わるの……難しい？」

「むずかしすぎる」

僕は思いきり眉をひそめた。はっきり言って、ちんぷんかんぷんだった。

「これも、きっとわかる日がくるよ。あははユウスケ、可愛いね」

声を立てて笑い、はるひはきゅっと僕を抱きしめた。面食らうような、男のコケンに関わるような、複雑な気持ちで僕はまた眉をひそめる。そんな僕を見て、はるひはおかしそうにまた笑った。

「今まで、どうもありがとう」ほんの三十分前に会ったばかりだというのに、はるひはずいぶん大袈裟《おおげさ》な言い方をした。「本当にありがとう。君はきっと、最高に素敵な男の子になるよ。お別れはさみしいけど、もう行かなきゃ」

「もう会えないの？」

どうせなら二人で遊びたかったなと思いながら尋ねたら、はるひはいたずらっぽく微笑《ほほえ》んだ。

「会えるよ、きっと。これで最後かもしれないけど、私はもう、会えないかもしれないけど、ユウスケは会えるよ、絶対」

どっちだかわからない。なんだかはぐらかされているみたいだった。

「またね、ユウスケ」はるひはゆっくりと言いながら、僕の両手を取った。「ありがとう。またね。さよなら」

最後にぎゅっと強く握ってから、ふりほどくように離し、くるりと踵《きびす》を返した。そして、風のように駆けていく。

一度も振り返らないまま、はるひの姿はどんどん小さくなっていった。

なんだかとても風変わりな子だったなと思った。どこに住んでいるのか、聞けばよかった。

まるで春のつむじ風みたいに、いきなり現れて僕を巻き込み、あっという間にいなくなってしまった。

そうしてふと気づく。あの子もやっぱり、幽霊だったのじゃないか？

いいや、そんなはずはない。だってお母さんにもちゃんと見えていたもの……。ちゃんと触れたし、温かかったし。

けれど自信は無かった。母は僕が他の人には視えないものを視ていることを、絶対に否定しないから。それに幽霊に触ったことは一度もなかったから。

すぐに確かめたくなって、母を探した川原に、しかしまず目に飛び込んできたのは別な人影だった。

「けいちゃーん」

「おーい、けいー、いたら返事してー」

あの花見をしていた親子だった。幾度も幾度も子供の名を呼んでは、広い草原をウロウロしている。まるで水たまりに浮かんだ、三艘の笹舟みたいだった。風に漂っているみたいに、どこか頼りない感じだった。

――ずっと探していたのだけれど、疲れてしまって今は休んでいるところなのよ。

女の人の言葉がよみがえる。

ずっと探していたって、いったいどのくらい？

本当に、三人とも、ひどく疲れているように見えた。

風に乗って、草がざわめく音と共に、子供を探す一家の声が細く、長く、聞こえてくる。

声もなく見つめているうち、おかしなことに気づいてしまった。

ずっと遠くにいる母親に向かって、男の子が駆けていく。母親に呼ばれたのだから、それは確かなのに、なぜだか極端なカーヴを描いて移動するのだ。まっすぐ行けば、もっと近いのに。

そして少し遅れて、父親も子供の後を追う……やはり、不自然な弓形のコースをたどって。

思い返してみれば、あれだけ草原をウロウロしていた三人だが、誰一人、川の方に近づく者はいなかった。まるで目に見えない垣根がそこにあるかのようだった。

なぜだか、さっきみたいに気軽に話しかけることができなかった。風に混じる彼らの声に、耳を塞《ふさ》ぎたいような思いだった。

彼らにひどく悪いことをしてしまったような気がしてならなかったから。

はるひは、「すぐには会えない」と言っていた。それはたぶん、僕らがやったことのせいなのだ……よくわからないけれど。

僕は母の側に戻り、一心に草摘みをした。僕が摘んだ草はやっぱり、母の籠に入れられたり、柔らかく除けられたりした。合間合間にちらりと見やると、やがて彼らは疲れた様子であの木の下に集い、四角い布の三隅に腰を下ろした。

足りない一人分の席は、いつになったら埋まるのだろう？

さっき見つかったはずの迷子は、なぜまたいなくなってしまったのだろう？

きっとわかる日が来ると、はるひは言っていた。それはいつのことなのだろう？

幼い僕の中で、それらの疑問はきちんとした形をとることなく、長い間混沌《こんとん》としていた。

あの家族は、例のバスに乗って去って行った。バスに乗っていたのは、その三人だけだった。

そしてバスが発車した後、バス停のベンチには誰の姿も残ってはいなかった。

驚いたことに、その後しばらくしてマムシのおじぞうさんにばったり出くわした。あの赤い服を着ていた女の子も一緒だった。はるひ野の、土手の上でのことである。

母は暢気《のんき》に「あら、ユウスケのお知り合い？」なんて笑って挨拶をした。なんだ、母にもちゃんと視えているじゃないかと、拍子抜けだった。

後で、さっきのおじいさんがマムシのおじぞうさんじゃないか、僕、絵を描いて見せたでしょうと詰《なじ》るように言ってみた。すると母はしばらく考えていて、それからぽんと両手を打った。

「ああ、ユウスケが描いてくれたあの絵、あのお顔の下にあったのはお髭だったのね。私、てっきりよだれかけだと思ってしまって。だからおじぞうさんみたいって言ったのよ」

そう言って、おかしそうにくくっと笑う。少々自尊心を傷つけられた僕は、いつもここで会ってるじゃないかとふて腐れ気味につぶやいた。すると母はまた少し考えてから、ふわっと笑った。

「ごめんねえ、ユウスケ。私、ここにくると地面しか見えなくなっちゃうの。だってこんなに柔らかくて美味しそうな自然の恵みでいっぱいなんですもの」

後に本で「返す言葉もない」という言い回しを目にしたとき、母との会話でよくそうなるなと思ったものだ……もっとも、微妙に意味を間違えていて、ある人に「そういうときには、『二の句が継げない』って言うんだ」と教わった。

ともあれ、マムシのおじぞうさんは幽霊なんかではなく、ちゃんと生きた人間だった。はっきりしているのは、ただそのことのみである。

あとはすべて、幼少時のおぼろで断片的な記憶である。その後また、何度もはるひに会うことがなければ、きっと埋もれていたに違いない思い出だ。本当にあった出来事かどうかも定かでない類の……。

まるで夢を見ていたみたいだと思う。きれいで、こわくて、わけがわからない夢。夢なんてたいがい、そんなものだから。

けれどはるひは正しかった。いつだって、正しかった。

時間が経って、初めて理解できることがある。年齢を重ねて、ようやく思い当たることも。

はるひの予言どおり、いろんなことが腑に落ちる日はちゃんと訪れた。

けれどそれはもっと、後の話である。

4

彼は、陽の当たる縁側で、半ばまどろんでいた。

最近、よく家族の夢を見る。結婚してから築いた家庭ではない。自分が子供だった頃の夢だ。漠然とだが、その理由にも思い当たる。自分が、確実に家族の方へ惹《ひ》かれているからなのだ。歳をとった。長く生きた。彼にとって生きることは、家族の思い出をどんどん淡いものへ、儚《はかな》いものへと変容させていく日々の積み重ねであった。さみしいと思わないではない。が、仕方がないとも思う。

あれから、あまりにも時間が経ってしまったから。そして当時は、あまりにも幼かったから。彼の長い人生のうち、家族と共に過ごした期間はあまりにも短い。しかしなぜ今になって、あのわずかな時間が、これほど輝かしいものに感じられるのだろう？　遠く離れた後になって、なぜこれほど近しいものに思えるのだろう？

それは自分が日、一日と、死に近づいているからなのだと、彼は淡々と考える。

まだほんの子供の頃、彼は家族を一度に亡くしていた。家が、集中豪雨によって水かさを増した川に、押し流されてしまったのだ。考えられないような自然の災害だった。村の年寄りは、こんなことは生まれてこの方なかったと言っていた。この災禍により、父も、母も、兄も、あっと思う間もなく散り散りになり、流されていった。彼が助かったのは万にひとつの幸運だったのだろう。が、自分一人、生き残ってしまったという思いの方が強い。

ここ数年、日課のように川原へ行く。散歩代わりにうってつけの距離だった。過去の災害から、川はすっかりその姿を変えられていた。カーブが強く、溢れやすい箇所をまっすぐにする工事が行われ、遊水地として広い原っぱが残された。

家族を奪った川に、不思議と怨《うら》みはない。離ればなれになってしまった人たちに、そこでなら会えるのではないかという気さえしていた。バス停の傾いたベンチに腰を下ろし、風に揺らいでは凪《な》ぐ草や、陽の光を受けて白く流れる水面を見ていると、なんだかとても心が安らぐのだった。

そういえば、あそこで花見をしたことがあったっけ……。

美しく幸せな、昼下がりだった。あれほどに尊い時間を、自分が大人になってから作り出せた自信がない。黄ばんだアルバムの中の、モノクロの写真の中に、一枚だけ紛れ込んだ真新しいカラー写真みたいな記憶だった。柔らかく、瑞々《みずみず》しく萌える若草。澄んだ空にぼうっと浮かぶ雲。そして淡く煙る花弁の集合体。

「ピンク」ではバタ臭すぎる。淡紅色というのもぴったりこない。「桜色」としか表現のしようがない、控え目でほのかな色なのに、目に飛び込んでくるときには、はっとするほどに鮮やかな、彩り。

風が吹くと、かすかに色づいた雪のように、花びらが舞う。敷布の上にきちんと膝を揃えて座っていた母が、つとこちらに手を伸ばして、微笑む。

「あらあら、髪に、花びらが」

そういう母の黒髪も、溶けることのない淡雪で飾られている。彼はそちらに向かってそっと手を伸ばして言った。

「お母さんの髪にも、花びらが……」


そこまで思い返して、はっと我に返る。

なんとまあ、鮮やかな記憶だろう？

老いてたるんだ目尻に、涙がわずかに滲《にじ》む。辛いと感じるには、時間が経ちすぎた。今あるのは、美しくも幸せな過去の光景に対する、憧憬とも感動ともつかない感情ばかりだ。

春の日だまりの中、まどろむような物思いに耽《ふけ》っていると、ふいに目の前に強い色彩が現れた。

「おじいちゃん」

庭で遊んでいた孫娘が、弾《はず》む口ぶりで声をかけてきた。嫁いでいった娘に連れられて、数日前から泊まりに来ている。お気に入りだという、赤いワンピースを着ていた。

つい先ほど、この孫娘を連れて川原に散歩に行ってきたところだ。

いや、正確には、もう少しで川原に着くというところで、そのまま引き返してきてしまった。道で、おかしな少女に出会ったからだ。

孫娘と同年配に見えるその少女は、ひどく息を切らせていた。彼を見るなりほっとしたような笑みを浮かべ、思いがけないことを口にした。

「川の方に行かない方がいいよ。怖いおじさんがいるから」

「怖いおじさん？」

オウム返しに尋ねると、少女は真剣な面もちでうなずいた。

「うん。ずっと一人で何か叫んでいるから、何だろうって見に行ったの。そうしたら怖い顔で追いかけてきて……子供はみんな、首を絞めて殺してやるって言いながら」

言っているうちに、改めて怖くなったのか、少女は自分の肩を抱いてぶるりと震えた。

春になると出てくる、おかしな手合いか、と彼は思った。しかし殺してやるとは穏やかじゃない……。

「そりゃあ、おまわりさんを呼んできた方がいいんじゃないのかい」

少女は素直にうなずいた。

「うん。おうちに帰って、ママに言う」

「そうだね、その方がいい」

傍らから袖をくんとひかれた。

「怖いおじさん、来る？　ドリちゃん、殺されちゃう？」

心配そうに孫娘に言われ、思わず微笑んだ。

「そんなことはないよ、大丈夫。もしミドリがそんなことになったら、じいじもショックで死んでしまうよ」

まったく、そんなことを考えただけで、近頃めっきりポンコツ気味の彼の心臓は、きゅっと縮むように痛んでしまう。

自分が死ぬのはなんら怖くない。望むところでさえあった。死に正しい、正しくないがあるとすれば、自分の死こそまさに正しいだろう。だが、幼い少女に無残な死など、考えることすら厭《いと》わしい。それは明らかに、正しくない死だ。自分の兄や父母の死が、正しくないものであったと同様に。

「大丈夫、そんなおかしなヤツには会わせやしないよ。さあ、今日はもう家に帰ろう。一緒に鳥の世話をしよう。お嬢ちゃんも、危ないから一緒に家まで……」

そこまで言って、気づく。いつの間にか、少女の姿は消えていた。

たぶん、すぐ近くの家の子なのだろう。

彼は孫娘の手をしっかり握り、我が家へととって返した。

その後しばらくして、今度は土手の上で別の子供に会った。こちらはたまに川原で見かける坊やである。若い母親と連れ立っていて、こちらを穴の開くほどまじまじと見つめてきた。

「あら、ユウスケのお知り合い？」

という母親の問いにも答えず、男の子は転《ころ》がるように性急な口調で尋ねてきた。

「この子、けいちゃん？」

傍らの、孫娘を指差している。

呆気《あっけ》にとられて、ただ「違うよ」と答えるのが精一杯だった。男の子はどこか納得できないような顔をしていたが、母親に手を取られて土手を降りていった。

「――けいちゃんはじいじ、だよねー」ふいに、孫娘がおかしげに言った。「けいじろう、でしょう？」

たいそうおかしなことを思いついたといった風に、くふ、くふ、と笑うので、彼までおかしくなった。

「そうだね、じいじも大昔、そう呼ばれていたことがあったっけなあ……」

「誰に？」

「お父さんと、お母さんと、お兄ちゃんに……」

孫娘は眼をいっぱいに見開いた。歳をとった祖父に、さらに父母がいたというのが想像もつかないのだろう。

「……今、みんな、どこいるの？」

小首を傾げて、そんなことを聞いてくる。

「さてなあ、どこにもいないなあ……」

自分で言いながら、思う。

それともどこかには、いるのだろうか？　そして自分を待ってくれているのだろうか？

ふと孫娘の前髪に、どこからか飛来した桜の花びらを見つける。

もうとうの昔にソメイヨシノは散ってしまったと思っていた。ほら髪の毛に花が、と言いながら手を伸ばす。全幅の信頼を示すように目を閉じる少女を見て、彼の胸の一部がつきりと痛む。


まだ行かない。

儚い花びらをつまみ上げて、唐突に思う。

未練ではなく、執着でもなく、ただ、この世界に今、存在していることが無性に嬉しかった。

彼は長い間ずっと、内に洞《うつろ》を抱えて生きてきた……しかし気づいたら、その空洞にはぼんやりとした暖かなものが満ちていた。とうに喪《うしな》ったものと今、在るもの。それらが混沌と混じり合い、微熱を持ってぼうっと輝いているのである。

それはこの上なく幸福な気づきであった。

だからまだ、行かない。この濃密な春のただ中、今しばらくの間は、半ば眠るように生きていこうと思う。

はるひのの、なつ

1

かなり唐突にリカコさんが言うには、夏はおばけの季節なんだそうである。

なんだそりゃ、と尋《たず》ねたら、知りたい？　知りたい？　どうしようかなあ、うふふふと、秘密を打ち明けたがってたまらない子供みたいにもったいぶってみせる。ここで、いや別に無理には知りたくないよ、なんてからかったら、まず絶対に臍《へそ》を曲げるから、まあ、ふくれたリカコさんも可愛いのでそうしてみたい気もあったけど、ここは素直に、ぜひ知りたいねえと少しオーバーなくらいに力を込めて言った。リカコさんと仲良く暮らすためには、多少の芝居っ気は必須なのである。

想像していないわけじゃなかったが、さんざんもってまわったわりに、リカコさんの打ち明け話は子供のそれと大差無いものだった。

肝試しをするというのである。

そう聞いたって、やっぱり俺としちゃあ、なんだそりゃ、てもんだろう。

頼まれたのよ。頼まれたって誰に？　ユウくんよ。ユウくんて誰だよ。仲良しなの。仲良しって俺よりも？　やだあ妬《や》いてるの？　ユウスケくんはまだ八つの小学三年生よお……。

というような、果てしなく迂遠《うえん》でどうでもいい、けどすこぶる楽しい会話の末にようやくわかったのは、近所の子供たちに頼まれて、肝試しの企画だの引率だの脅かし役だのをやるってことだった……我々夫婦二人が。

「……やだよ、なんで俺が」

話が呑み込めた途端、俺のテンションは著しく下がった。

「なんでそんな、知らんよそのガキのために、この俺様が立ち働かなきゃならないんだよ。俺はガキなんて大嫌いだ。特にクソ生意気なクソガキは」

胸を張って言ってやったらリカコさんから、やーだいばりんぼ、と背中を叩《たた》かれて、そのおガキ様方のおかげで、ゴハン食べてたくせにーと笑われた。

「食べてたんじゃない、今も食べてるよ」

反撃にならない反撃をして、それでも俺はまた、ぐっと胸を反らせた。

実は俺は漫画家である。いや、漫画家だったと言うべきだろう。

言うなれば、挫折した元漫画家だ。

試しに俺の名前である塩山幸夫《しおやまゆきお》を、ウィキペディアだかなんだかで検索してみるといい。少年誌の新人賞でデビューしてから、読み切りをいくつかやって、連載を始めるも二度の打ち切りをくらって、その後背水の陣を敷いてスタートした連載がそこそこあたり、テレビアニメにもなったりして、コミックスが結構売れたことが、即座にわかるだろう。

もうあと一つ二つサイトを巡れば、もっとわかることがある。

その作品、『未来人フータ』の連載が、中途半端なところで突然終わってしまったこと。そしてその理由。

なんと作者は心を壊して失踪してしまったのだそうだ……書きかけの原稿も何もかもほったらかしにして。

いくつものサイトで、おおむねそんなような内容が、書き手のニヤニヤ顔が透けるみたいな文章で語られていた。

別に間違っちゃいない。当時の、まるで泥の中で溺《おぼ》れているみたいな日々も、そこにザルを突っ込んで引きずりあげれば、編み目にすくい取られるのは結局はそんなようなこととなる。泥を形作っていた細かい粒子なんて、そのおおかたは水と一緒に抜け落ちる。そんなもんだ。

結局、本当のことなんて、当事者にしかわからない。そして真実なんてまずたいていの場合、当事者以外の人間にとっては、毎日海岸に流れ着くゴミみたいなものでしかない。

俺は小さい頃から、漫画家になりたかった。絵を描くことも、漫画を読むことも、大好きだった。中学二年のとき、初めて仕上げた拙《つたな》い作品を少年誌に投稿し、もちろん箸にも棒にもかからなかった。それでもめげずに俺は投稿を続け、その間、偏差値の低い高校へ進学し、どうにかこうにか卒業、専門学校へ進学した。

父親が亡くなったのは、ちょうどその頃だ。くも膜下出血で、本当にあっけなかった。俺の漫画家志望に渋い顔しかしていなかった、さほど仲が良くもないオヤジだったが、死なれたときにはさすがに泣いた。隣でさめざめと泣くおふくろを見て、これからは俺がしっかりしなきゃならないんだと思った。

幸い、親の死亡保険金があったので取り敢えず学校だけは卒業し、とにかく就職した。慣れない上にどう考えても自分には合っていない仕事を、石にしがみつくようにこなしつつ、それでもコツコツ漫画は描いていた。そんな生活が三年ほど続き、二つのことが同時に起こった。

俺の漫画賞入選と、母の再婚だ。

ああ、そうかと思った。俺はもう、好きに生きていいんだなと。

そりゃ、色々複雑ではあった。けれどもう、思春期のお子様って歳《とし》じゃない。保護者の監督が必要な歳でもない。

少ないが、貯金もあった。俺はすぱっと仕事を辞め、漫画に専念することにした。

ボロアパートで一人暮らしを始めた俺に、担当についてくれた編集者は「早まりすぎじゃないか？」と不安げに言った。そりゃそうだ。彼に俺の未来なんて保証できやしない。そのくらい、ちゃんとわかっていた。「こういう人、多いんだけどねえ……」と続けた先だって、俺にはわかっていた。めでたくデビューはしたものの、その後鳴かず飛ばずで消えていった漫画家なんて、きっと腐るほどいる。そいつらだって、そんなことは重々承知していて、その上で俺と同じように思っていたはずだ。

しかし、俺は違う、と。

そう信じずに続けられるほど、職業漫画家ってのは甘くない。いや、俳優だってミュージシャンだって同様か。圧倒的な〈才能〉だとか〈センス〉だとかの前では、〈努力〉なんてものは哀《かな》しくなるくらい無価値な世界……。

わかっている。自分が描いた読み切り漫画が、ものすごく絵が上手いわけでも、抜群に話が面白いわけでもないことくらいは。とりたてて減点するほどにまずい点があるわけでもない、まあ、その年出てきた新人のなかでもごく平均的な、可もなく不可もなしってレベルにいるってことも知っている。そんな風に自分を客観視できるのは、さてさて幸か不幸か。もしかしたら、不幸なのかもしれない。

しかしそれでも、俺はスタート地点に立つことを許された。ならば走り出すしかない。望んで望んでその場に立ったのだから。

天賦《てんぷ》の才に恵まれていない以上、コツコツ努力を積み重ねるほかはない。運や偶然から道が開けることだってあるさと、自分を鼓舞し続けながら。

背水の陣で臨んだのが功を奏したのか、予想外に早く連載が決まった。だが、打ち切りが決まるのもまた、予想外に早かった。相応の覚悟はしていたつもりだったが、まったくもって甘くはなかった。コミックス一冊分にさえ、ならなかった。もらった原稿料はアシスタント料を払うとほとんど残らず、俺はアルバイトで細々と生計を立てていた。

決して甘くはなかったのだが、この頃、俺はさほど落胆することもなく、むしろ昂揚していた。なぜならリカコさんと出会ったからだ。いつも来てくれていたアシスタントがインフルエンザで倒れるというアクシデントがあり、急遽《きゅうきょ》出版社のつてで来てもらったのがリカコさんだ。初対面のリカコさんは、それはもう可愛かった。天使かと思った。彼女に手伝ってもらい、打ち切り最終回の原稿を仕上げながら、俺はどうにかしてまた彼女にアシスタントに来てもらえないだろうかと考えていた。もちろんそのためには、次の連載を決めるしかない。それも一刻も早く、だ。

その決意に燃えたとき、リカコさんがふと手を止めて言った。

「……こんなに面白いのに、もう最終回だなんて残念ですよね。私、先生の作品大好きです」

これで恋に落ちなきゃ嘘だろ、というような瞬間であった。

で、紆余《うよ》曲折あって僕らは結婚した。いくらなんでもはしょりすぎだろって？　しかしこのあたりをじっくり語り出すと、本が一冊書けてしまうから、ここでは割愛しておく。誰が他人に話すかよ、もったいない。

次の連載は、自分ではわりと評判がいいと思っていた。生まれて初めてコミックスが出せて、そりゃもう有頂天になった。しかしそのコミックスがさっぱり売れず、三巻を目処《めど》に打ち切り、心ならずも「俺たちの闘いはこれからだ」みたいなエンドにせざるを得なかった。

さすがに落ち込み、ひたすら焦《あせ》っては空回りを続ける俺に、リカコさんは笑って言った。

「思い切って、もう少し対象年齢を下げちゃえば？　あなたに届くファンレター、けっこう小学生からのが多いでしょ。コロコロコミックを卒業した子供たちが夢中になれるような漫画、あなたならきっと描けるよ」

まさに天使のささやき、女神の啓示だった。

子供の頃、仲間内で夢中になって回し読みした、数々の作品。その出会いがあったからこそ、今、必死に漫画を描いている俺がいる。苦しくても頑張れる俺がいる。

発売当日、子供がなけなしの小遣いを握りしめ、町の書店に新刊を買いに来てくれる……もしそんな漫画家になれたなら、それはどれほど素晴らしいことだろう。

もし俺が子供だったら、いったいどんな漫画を読みたい？　ワクワクして、胸を躍らせて、もっともっと先を読みたくなる？

――知りたいのはそう、未来だ。

答が、すとんと落ちてくる。子供には無限の可能性があると、大人は言う。それは本当なんだろう。けれど、ほとんどの子供は、やがてごく平均的で普通の、子供からすればちっとも面白くなさそうな、まあ言ってみれば自分たちの両親みたいな大人になるのだと、誰もがうすうす感づいている。

けれどもしかしたら、無数の選択の果てに、宝くじに当たるような確率で、素晴らしい未来だってちゃんと用意されているのではないだろうか？

もしそれを教えてくれる人が、未来からやって来たら？

そこまで考えて、ふと耳無しのネコ型ロボットの顔が浮かんだ。やっぱり藤子先生は偉大である。

だが俺の物語では、やって来るのは少年で、ポケットから取り出すのは不思議で便利な道具ではなく未来の情報だ。

『未来人フータ』の構想は、そんな風に始まり、一気に転《ころ》がり、加速していった。スケッチブックに新たなキャラクターたちがどんどん登場する。特に意識しなかったのに、絵柄も少し変わっていた。隅っこにペンギンとパンダを合わせたようなおかしな生き物を描いたら、リカコさんがやたらと気に入って、ペンダくんと名付けてくれた。フータが飼っている未来の生き物、ということにした。

第一話のネームを見せたとき、担当編集者の反応は意外なほど良かった。

「今のメイン読者層より、少し下の年齢層に受ける作品が欲しかったんですよ……何しろ未来のメイン読者ですからね。長期連載を見据えて、もう少し練り込んでみましょう」

編集長にまで、そんなことを言ってもらえた。

いざ連載が始まると、ネットでの感想はほぼ一様に、「ドラ○もんだな」「ド○えもんだな」「ドラえ○んだな」、の羅列でちょっと笑ってしまった。読者は正しい。俺もちょっとそう思ったくらいだから。

だが回を重ねるにつれ、「意外と面白い」「地味だが良作」という評価が増えていった。読者からのファンレターも、以前とは比べものにならない数が来るようになった。子供たちからのものが多くて、すごく嬉《うれ》しかった。

コミックスが三巻まで出たとき、アニメ化の話が来た。まだストックが充分でないが将来的にぜひうちで、ということで、そりゃあこちらとしても願ったり叶ったりだ。しかし先輩漫画家から「映像化はとりあえず唾《つば》だけつけられて、あっさりぽしゃることも多いよ」とも聞いていたので、あまり期待しすぎないことにした。

実際、それからしばらくの間、その話はぴくりとも動かなかった。一方で、コミックスには増刷がかかるようになり、新刊の部数も少しずつ増えていった。そしてコミックスの巻数が十まで行ったとき、完全に忘れていた（というふりをしていた）アニメ化話が、急遽大きく動いた。いきなり、その翌年から放映決定、である。そりゃもう嬉しかったけれど、びっくりするくらい仕事も増えた。巻頭カラーやら、センターカラーなど、カラーページの頻度も増えた。キャラクターグッズのデザインだのカット絵だの、読者プレゼント用イラスト色紙だの、アニメ関連の書き下ろしイラストだの、台本やキャラクターデザインの監修だの、とにかく細々とした、しかし手間暇がかかる仕事が俺の前に山積みされた。

もちろん、どれもこれもありがたい話である。だから喜んで引き受けた（と言うか、断るという選択肢はハナからない）。俺は鬼監督の千本ノックを受ける選手みたいにして、必死で球に食らいついていった。が、だんだん足がもつれ、時にすっ転ぶようになってきた。

肝心の連載の方に影響が出てきたのだ……それもモロに。

俺は話を考えるのも、絵を描くのも、やたらと時間がかかる方だったので、それでなくてもギリギリでやっていた。そこへこの、大量のイレギュラー仕事である。定期的な単行本化作業だけでも、必死こいてやって来た、ヘタレ漫画家である。完全なるキャパオーバーであった。

もちろん、人気漫画家は当然質量共にこれ以上の仕事を、それも長期間にわたってこなしてきているわけだ。これくらいであっぷあっぷしている自分が、ただただ情けない限りだった。

やがて始まったアニメの方は、とても良くできていた。実際、評判も良かった。むしろ俺の原作よりもずっと、評判がいいくらいだ。特になぜかペンダくんが大受けで、ぬいぐるみだのフィギュアだの、キャラクター商品がずいぶん売れた。行きつけの本屋の店先で、ペンダくんのガチャガチャに出くわして、すごくびっくりした。思わず一個買ってしまった。

アニメのヒットのおかげで、収入は桁違いに増えた。アシスタント料の心配をしなくてすむようになったのはありがたかったが、儲けたお金を使って楽しむような余裕は、俺にはなかった。

作画の作業日程から考えて、どうしてもその日のうちにネームを捻《ひね》り出さなきゃならないのに、頭の中は真っ白のまま……なんてことがしょっちゅうだった。苦し紛れに、以前使ったネタとほとんど変わらない内容の話をでっち上げ、自分でも「これはちょっと……」と思うような粗い絵で完成原稿としたこともあった。ネット上でだんだん「マンネリ」「劣化しすぎ」などと陰口を叩かれるようになっていった。

そう、俺は、創作活動に従事しているヤツが、ぐるぐるした渦巻き状の迷路に入り込んだ際、いちばんやっちゃいけないことをしていた。検索エンジンに自分の名前だとか作品名を打ち込み、出てきたサイトの文章をひたすら読み漁《あさ》るという愚かな行動を。おのれの手で自分の身体に、鋭い棘《とげ》をせっせと植えつけるような自虐行為である。そんなもん読んだって、得ることはまずない。もちろん、好意的なものも、愛あるものも、中にはちゃんとある。だが、自信を無くしているときにはどういうわけか、悪意たっぷりの嘲笑《ちょうしょう》ばかりが目に飛び込んでくるのだ。

ネットの悪意は、俺の足許の砂を確実にさらい続けていった。眠る時間もない、しかし起きていても原稿は埋まらない。食事も喉を通らず、栄養ドリンクだけをやたらと飲んだ。どんどん痩せていき、胃は痛み、腹具合は常におかしく、俺は仕事を続けることが、心底苦しくなっていった。

そうしてとうとう、原稿を落とした。締め切りだけは破るまいと頑張ってきたのに、いきなりのレッドカードである。大袈裟《おおげさ》でなく、これで世界が終わるかと思った。

けれど、そんなことはなかった。担当編集から罵声を浴びて当然だと思った。けれど、そんなこともなかった。相手の顔はおそらくかなり引きつっていたことだろうが、それも見てはいない。次は必ず間に合わせてくださいよと強い口調で言われたのを、うなだれた後頭部で受け止めたばかりである。

穴埋めには新人の代原が載った。

けっこう、なんとかなるんだなと、思ってしまった。そんなこと、思うべきじゃないのはわかっている。自分が社会人として最低のことをしたとも思っている。けれど何だか、力が抜けて仕方がなかった。

もちろん、二度はない。キャリアの長い看板作家ならともかく、俺如きの立場で、二度許されることじゃない。

それも、重々承知していた。

しかしその頃、何かが起きた。

いくら思い返してみても、その直接のきっかけがわからない。手をつけていない原稿みたいに、そこだけが真っ白である。たぶん、普通ならどうってことのない、些細なことだったのだ。一枚一枚は薄っぺらな紙だって、積み重なれば人を押し潰すような重量になる。きっと、そういうことなのだろう。

とにかく俺の精神状態は、相当にヤバいところまで来ていたのだと思う。気がつくと、身の回りのものをまとめて電車に乗っていた……書きかけの原稿も何もかも放り出して。荷物の中に預金通帳だのハンコだのをしっかり忍ばせていたあたり、我ながら笑えてしまう。

逃亡先は、佐々良《ささら》という街にある祖父母の家だった。もう二人とも亡くなって、父も亡い今は俺が受け継いでいる。墓参りを兼ねて時々手入れに行っていたが、ここ数年はそんな余裕もなかった。

生活が苦しいとき、この家を売ってしのぐことを考えないでもなかったが、さすがに父や祖父母の思い出が染みつきすぎてためらわれた。俺自身、幼い頃にはよく遊びに行った。売らなくてよかったと、今となっては思う。

佐々良に来た当初のことは、まったく覚えていない。どうやって生きていたのかさえ、記憶にない。追い詰められた漫画家で、心を病んでしまったり、自ら命を絶ってしまったり、なんて人の噂はわりとよく聞く。俺が何とか正気を保ち（逃亡当時はともかくとして）、今も生き長らえているのは、一にも二にもリカコさんのおかげだ。

リカコさんは可愛い。とても明るくて、優《やさ》しくて、マジ天使。そのうえ賢くて、でもちょっぴりドジっ子で、マジ女神様。

リカコさんのおかげで、今やけっこう毎日を楽しく生きている。あの地獄の日々が、嘘みたいだ。リカコさんには大恩がある。

だからリカコさんが小首を傾《かし》げて、ねえ、ユキちゃん、お願い、なんて言おうものなら……。

「――わかったよ、肝試しだろうが何だろうが、やってやろうじゃん」

とまあ、最終的にはそうなるわけだ。

2

実は怪談だの心霊写真だのは、けっこう好きな方である。ネットで【閲覧注意】なんて但し書きがあるページをわざわざ開いちゃあ、後で悔やむこともよくあった。明らかにこれネタだろ、時間を無駄にしたーってパターンと、マジこれやばくね？　深夜にこんなもん見ちまってどうすんだ、俺のバカーってパターンがある。思えば中学や高校の頃にも似たようなことをやっていて、しかし今はあの頃と違い、宿題だの試験勉強だの漫画賞の締め切りだのに追われているわけじゃないのだから、まったく、なんの問題もない。

しかし大の大人が何もすることがない日々というのは、まあそれで生活できてるわけだからけっこうな身分ではあるのだが、ときおり腹の底の方をチリチリ弱火で炙《あぶ》られるような焦燥《しょうそう》感を覚えずにはいられない。リカコさんはあっという間に飽きたのか、常に外で何かしら活動をしている。ボランティア的なことをやっているらしく、どこそこのおばあちゃんが、とか、なになにさんちのお子さんが、なんて噂話を楽しげに話してくれる。家の中に引き籠りがちな俺とは大違いだ。

それで俺は家事だけは一手に引き受けている……と威張って言えるほどだいそうなことはしていないが。日常の些細なことすべてに、リカコさんがにこっと笑って、ありがとーと言ってくれるのが嬉しくてやっている。リカコさんの手のひらの上でなら、いくらだって転がされたい俺なのだ。

俺の漫画が好きだと言ってくれたリカコさんが、漫画を描くのをやめてしまった今の俺について本当のところはどう思っているのか。未だに怖くて聞けずにいる。


それはともかく、肝試しだ。

俺は押し入れから、古い画材を取り出した。東京の賃貸マンションはとっくに引き払い、荷物はみんなここへ持ってきている。

画用紙にささっと下絵を描いて、丁寧に色を塗り、切り抜く。目のところに穴を開け、引っ掛けるゴムをつけたらあっという間にお化けのお面の完成だ。我ながら、短時間で見事な出来映え。自分で言っちゃうが、さすがは元プロである。

念のために断っておくが、別に、ちょっと楽しくなったりはしていない。見も知らない子供たちのために、気合い入れちゃったりしてるわけでもない。すべてはリカコさんのため。リカコさんに喜んでもらい、褒めてもらうため。

完成品をためつすがめつしていたら、リカコさんがやって来てすごいすごいと絶賛してくれた。それを聞いたらもう満足してしまい、「あー、やっぱガキ共の相手はめんどくさいなー、やっぱやめてもいい？」とひとゴネしてみたが、当然ながらすぱっと却下された。

……俺こそがめんどくさい人間なんだってことは、うっすら自覚している。

絶対今夜決行だからねと、リカコさんから急かされつつ準備をしていると、親戚の子がやってきた。小学三年で名前を翼《つばさ》といい、母方の従妹《いとこ》の子にあたる。こういうの、なんてんだっけ……はとこ？　いや、違うな。

ネットで検索してみたら、いとこ甥というのだそうだ。さすがグーグル様は偉大である。

ちょっと微妙な距離の親戚である翼は、ごくごく最近、うちにやって来るようになっていた。

俺の両親は親戚付き合いをマメにやる方じゃなかったから、そもそも従妹との交流がほとんどなかった。存在くらいは知っているけど、程度の関係だ。ましてその子供となると、ああなんかいたかも、てなもんだった。しかし、佐々良に落ち着いて一年くらい経った頃だったか、時々我が家にやって来るようになった。どうやら生きて動く漫画家が近所にいるらしいと、興味を持ったものらしい。

サッカーボールとお友達、みたいな名前だけど、天真爛漫なスポーツ少年ってキャラでは全然ない。どっちかって言うと少し……いや、かなりひねくれたクソガキである。ガキ相手だと思って俺がおどけてやると、世にも人を馬鹿にしくさった顔をして、「バッカじゃねーの」と吐き捨てるように言う。しかしそのすぐ後で、にやあと笑っていたりする。とことん、素直じゃない。

「……おまえさー、幽霊とか、お化けとか、怖いだろ」

ワザと小馬鹿にしたように言ってやったら、翼は顔色を変えた。

「別に、こっ、こわくねーよ」

「そーかあ？　でもさ、夜の肝試しとかはさすがに怖いよなあ？」

「こわくねーしー」

「いやいや、おまえに参加できっこないだろう？」

「でーきーるーしー」

ふっ、他愛ないぜ。すかさず俺は電話を示して言ってやった。

「そんじゃ、電話貸してやるからお母さんに連絡しろ。今日はおじさんとこで肝試しだから、晩ご飯いらないってな」

えーっと、思い切り顔をしかめられたが、もう手伝い要員に決定である。ガキの相手はガキにさせるに限るのだ。頭いい、俺。

渋々電話した後でも、翼は往生際悪く帰る素振りを見せたりするので、「寿司とってやるからさー」と引き留めた。サビ抜きの子供用寿司一人前と、大人用にとった二人前寿司のうち、玉子と好物だという穴子とイクラがすべて翼の胃袋に収まった頃、さあ出かけましょうとリカコさんが言った。

向かったのは佐々良川の近くにある墓地である。本当は夜の学校とか、いい感じの廃墟とかがよかったのだが、リカコさんに一蹴された。そんなとこ勝手に入れないし、子供たちが怪我でもしたら大変でしょ、と。

墓場だって転んだりしたら怪我はするよなと思い、出がけに絆創膏《ばんそうこう》を尻ポケットに入れておいた。

待ち合わせのコンビニ前に、懐中電灯を持った人影があった。男の子と、女の子。それから、女の人が一人。どちらかのお母さんらしく、「この度はありがとうございます」と挨拶《あいさつ》を受けた。思ったよりも子供の人数が少ない。それに親がついてくるとも思っていなかった。そりゃまあそうか、夜だもんな。

二人の子供はじいっとこちらを見やり、揃《そろ》っておびえたような顔をした。よーしよし、もうビビってるな、こいつら。「私のお父さんは消防士さんなんだから」なんて聞こえよがしに言っている。何だそれ、強がりか。可愛いな。

ちょっとやる気が出てきて、じゃあさっそく移動しましょうと、先に立って歩き出す。

「最近の若いお母さんは、なかなかきれいな人が多いよなあ」と翼にささやいたら、思い切り顔をしかめられた。ま、ちびっ子の反応としてはこんなものだろう。「もちろん、リカコさんほどじゃないよー」と、傍らの妻にもささやく。リカコさんはクールに肩をひょいとすくめただけだ。翼はなんとも言えない目でこっちを見ている。確かになあ、おまえの母ちゃんはお世辞にもきれいとは言えないからなあ、ま、それも運命だ、諦めろ。

いたずらっ気が起きて、角を先に曲がってお面をかぶって待ち構え「わあっ」とやってやったら、無関係の通行人を脅かしてしまった。帽子をかぶった男はむっとしたような顔をして、取り落とした四角い鞄《かばん》を拾ってさっさと追い越していった。リカコさんから「こら」というように睨《にら》まれる。怒った顔も可愛いから、困ってしまう。

墓地についたら真っ暗で、いかにも何か出そうだった。

「……オレはおじさんと一緒にいればいいんだよな？」

念のため、みたいに翼が聞いてくる。確かに一緒に脅かし役をしてもらうつもりだったが、気が変わった。

「いや、思ったより人数少なかったし、おまえも楽しむ方にまわっていいぞ」

にっこり笑ってやったが、翼はあんまり嬉しくなさそうだった。

「みんなで行くんだよね？」

かなり恐る恐る翼が確認する。

「いーや、一人一人だよ。人数少ないし」

翼はまーったく嬉しそうじゃない。

ちょっと楽しくなってきた。自分が底意地の悪い男だってことは自覚している。

「そんじゃー、まっすぐ一番奥のところにお菓子置いとくからなー。ジャンケンで負けた奴から来いよ。一人ずつ交代なー」

おざなりなルールを宣言し、俺は墓場の奥に向かう。迷われても面倒なので、ルートは中央の一本道の往復のみ。俺は突き当たりのちょっと手前の墓石の後ろにスタンバイ。もちろん渾身の作のお面をかぶる。見えなきゃ意味がないので、飛び出すと同時に懐中電灯で自分をライトアップする予定だ。

玉砂利を踏む音が近づいてきたので、いきなり出て行って「わあっ」と脅かすと、相手は脅かし役冥利《みょうり》に尽きるような、抜群の叫び声を上げてくれた。

案の定というか、翼である。

「おまえ、ジャンケン弱いなー。ほら、その先のロウソク立ててるとこにお菓子があるから、ひとつもってけー。意地汚く二個とるんじゃないぞー」

くぐもった声で言ってやると、

「今のはおどろいただけだからなー、急に出てきたから、ちょっとびっくりしただけだからなー」

男の沽券《こけん》を守りつつ、翼は小走りに先へ行った。そして復路はさらに足が速くなっている。すっかり愉快になって、また「わあっ」と脅かしてやった。

「二回はいらねーんだよーバカー」と叫びながら、翼はものすごい速さで走って行ってしまった。

二番目にやって来たのは、女の子だった。コンビニ前でちらりと見た限りでは、なかなか可愛らしい女の子だった。きれいなお母さんと可愛い女の子って、いい。すごくいい。

そう思ったとき、身体のどこかがちくりと痛んだ。蟻《あり》にでも嚙《か》まれたろうか。慌てて衣服をぱたぱたはたく。

余計なことを考えていて、飛び出すタイミングを逃してしまった。行き過ぎたところで「ばあっ」と叫ぶと、女の子は「あら」って風に振り向き、それからすごく棒読みな感じで「きゃあ」と声を上げてくれた。どうも、気を遣ってくれたものらしい。まったく怖がっていない風情ですたすたと往復していった。今日日《きょうび》は女の子の方がよっぽど肝が据わっているのかもしれない。

次こそはと息を殺してうずくまっていたら、近づいてくる人影がなぜか複数だった。どう見ても大人と子供である。さては最後の坊主め、びびってお母さんと一緒に来おったな。何という軟弱な奴よ、これは懲《こ》らしめんといかんと思い、腹の底からおどろおどろしい声を振り絞って「うおーっ」と叫んでやった。

すると「キャー」と余裕たっぷりの可愛らしい悲鳴を上げたのは、リカコさんであった。けしからんことに、ドサクサに紛れてあのユウスケとかいう男の子に抱きついている。

「コラコラ、女の子でさえちゃんと一人で来たのに、何だよ、君は」

ちょっと厳しい口調で言ってやる。

「あのね、ちょっとね……」と説明しかけるリカコさんを生意気にも制して、ユウスケが口を開いた。

「飛び入り参加したいって子がいたから、一緒に連れてきた。ここからは一人で行くよ」

「そうなの、この子よ」

リカコさんとユウスケが、同時に背後を振り向く。「え、どこだよ」と言いかけて、口をつぐむ。暗闇からぼうっと、別な少年が現れた。年齢はユウスケと変わらない感じ。白っぽく見えるパジャマ姿で、ナイトキャップなんてかぶっていて、どっからどう見てもすぐ寝る気満々って出で立ちだ。

彼はしばらくはにかむようにもじもじしていたが、やがてひどく自信なさげに言った。

「あの、塩山幸夫先生、なんですよね？」

意表をつかれて、うん、まあと、曖昧《あいまい》な返事をした。

「『未来人フータ』の！」

お面の小さな覗《のぞ》き穴越しで、懐中電灯のおぼつかない灯りでも、相手の顔がぱっと輝いたのがわかった。嫌でもわかってしまった。

俺はずいぶんと久しぶりに、自分のファンって奴に出くわしてしまったのだ。そして俺は、すっかりうろたえてしまった。

「あー、おい、ユウスケ。おまえはちゃんとゴールまで行け。そんで、残ったお菓子、全部持ってこい。いいな」

せかせかと命じると、ユウスケは存外素直に歩いて行った。

その後ろ姿を見送りつつ、さて困ったぞと思った。今になって、ファンなんてものと出くわすとは思ってもみなかった。

ちらりと少年を見やり、あっと思う。腕からぽつんと血が垂れていた。

「いかんいかん、君、怪我してるぞ。草で切ったかな？」

「え？　あ、ちょっと刺さっていたから……」

「棘かい？　どれ、絆創膏を貼ってあげよう」

ゆっくりゆっくり、紙を剝がして中身を取り出す。

「持ってきてて正解ね」

リカコさんが言い、「どうだ、気が利くだろう」と口では威張りつつ、すごくゆっくり、丁寧に絆創膏を貼ってやる。

「ありがとう」と言われ、いや、とか、なに、とかつぶやいていると、ありがたいことにユウスケが帰ってきた。

「お菓子、とってきた」

腕に抱えたものを全部寄越そうとするから、「いや、君の分はとっといていいんだよ、何なら二個でも……先の二人にも二個やらなきゃ、不公平か。じゃ、これ持っていってやって」とユウスケにお菓子を六つ、手渡した。律儀に礼を言うユウスケの背を押しつつ、残りのお菓子を全部パジャマの少年に押しつけた。

「ほらこれ、上げるから。何ならこれも上げよう」

お化けお面を外して、少年に渡す。真正面から顔をまじまじと見られて、思わず視線をそらせてしまった。

「塩山先生直筆のお面だよ。裏にサイン入り」

リカコさんが余計なことを言う。少年は「わあ、ありがとう」と歓声を上げた。続けて、期待を込めた面もちで彼は言った。

「塩山先生、早く『未来人フータ』の続きを描いて下さい。僕、楽しみにしています」

3

ああ、と思った。

ああ、ついに言われちゃったよ。できれば言われたくなかったことを。

自分でも、絶対言われるんだろうなあとわかってて、それでもセコい引き延ばしをやっていたのだ。

少年はぺこりと頭を下げ、念を押すように「お願いします」と言い置いて、とととと走っていった。墓場の奥の方に向かって。

「……佐々良病院には、こっちの裏から行った方が近いのよ」

リカコさんが説明する。

「病院？」

阿呆《あほ》みたいに、繰り返す。

「入院してるの。今の時間なら少しだけ抜け出してもバレないからって……どうしてもあなたに直接会ってお願いしたいからって」

ユウスケまでが頭を下げつつ、「お願いします」と、まるでさっきの子の真似みたいに言い、返事も待たずに出口の方に歩き出した。

返事を待たれても、困ったかもしれないが。

何だよ、と思う。気づいちゃったよ、俺。結局これが目的だったんじゃないか。肝試しだなんて、単なる口実だったんじゃないか。とんだ茶番ってやつだろ、これ。

要するに、ユウスケが友達の願いを叶えるために、リカコさんに頼んだんだろう。どこからか、俺の噂を聞きつけて。

俺は黙ってユウスケの後に続いた。自分が踏む玉砂利の音が、やけに耳障りだった。

出口で翼と一緒に待っていたお母さんのお礼をはいはいと聞き流し、心底憂鬱《ゆううつ》そうな顔をした翼を家まで送り届けた。ある意味彼が一番の被害者だなと、少し気の毒になった。俺のしょぼい適当な肝試しで、真面目に怖がってくれたのはおまえだけだったぞ。

夜道を歩きながら、考えていた。

あの、パジャマの子。帽子をかぶっていたのは、たぶん、髪の毛がすっかり抜けているせいだ。それに腕から出てた血、「刺さってたから」って、それ、点滴の針じゃん。なんだよ、それ。きっと、すっごく重い病気なんじゃん。

何だよ、それ。すっごくヘビーじゃん……。

よっぽど怨《うら》めしげな顔になっていたのか、家に帰るとリカコさんに、ねえ怒ってる？　と顔を覗き込まれた。

「怒ってないよ。怒ってないけど……でもひどいじゃん、騙《だま》し討ちみたいだよ」

ごめんね、とリカコさんは謝った。

「でも、入院中のファンの子に会って、なんて頼んだら、逃げ出していたでしょう？」

それはまったくそのとおりだったから、俺は押し黙るしかない。

「ね、私からもお願い」

小首を傾げてそう言われ、心底参ってしまった。

「……だってさ、無理なもんは無理だよ。俺もう、漫画家じゃないし」

「漫画家に戻ってなんて、言ってないよ。漫画家じゃないと漫画が描けないなんてこと、ないでしょう？」

「そりゃそうだけどさ……今さら、あれを続けるなんて絶対無理。できるんなら、あのときやってるよ」

力なく答えながら、俺は頭を掻きむしりたくなった。そうだよ。ほんとにそうだよ。できるものなら、やってた。あのとき無理だったことは、時間が経った今となってはなおさら無理な話だ。

どうして俺なんだよ、と思う。今、書籍市場に出回ってるコミックタイトルは、いったいどんだけあると思ってんだよ。千？　二千？　いくらだってあるだろう、人気作やら、名作やら、傑作やら。よりどりみどりじゃないか。パソコンでポンとクリックすれば、すぐさま届けてくれる時代じゃないか。それをよりによって俺みたいな、ポンコツな元漫画家に、どうしてこんな無理難題をふっかけてくれるんだよ。

リカコさんはしばらく何事か考えていた。

「ね。続けるのは無理でも、終わらせることならできるんじゃない？　あの子のために、きちんと結末をつけてあげることは……」

「だったらアニメでいいじゃん」俺は急いで口をはさんだ。「何だったら、家にあるＤＶＤを丸ごとプレゼントするよ。あれでいいじゃん。実にきれいに終わっている」

実際、アニメ版の方は、コミックスの切りのいいところにオリジナルのエンドを付け足してあり、素晴らしくきれいに終わっていた。視聴者の評判も上々だったらしい。最近でもＤＶＤボックスになったり、再放送があったりで、未だに俺の銀行口座には入金がある。ほんとにアニメ様々だ。

名案だと思ったのだが、リカコさんは顔をしかめて言った。

「あれじゃ、ダメなのよ。だって最後、フータは消えちゃうでしょう？」

「最悪の未来を変えるためには仕方がなかったんだよ。自分がそうなるってわかってて、でも未来の家族や友達や、たくさんの人たちのために自分一人が犠牲になったんだ。感動的で、泣けるじゃん。読者もさー、みんな言ってるぜ。もうアニメのラストでいいよって」

「でもそれじゃ、ダメなのよ。だってね、あの子の名前、三崎楓大くんって言うのよ」

「……え……」

「おんなじ名前だから、興味を持って、親近感も持ってくれてたところがあるのよ。だから、ね、わかるでしょ？　フータが消えちゃ、ダメなのよ。もちろん、あなたの元々のプロットがそうだったんなら、それは仕方のないことよ。でも、そうじゃなかったでしょう？」

リカコさんには、連載前に大まかな筋立てを話してあった。だが、予想外に人気が出てしまい、ストーリーを引き延ばせと言われ、必死にその指示に従っているうち、読者からは話がループしてきてつまらんと言われるようになってきた。それでテコ入れとばかり予定外のキャラクターをばんばん出したり、派手に闘わせたりしているうちに、物語は完全に迷走してしまった。今となっては、なかったことにしたいような回もいくつかある。

……そういうこと全部、忘れた気になっていたのに。何で、今になって……。

「……私、今まで何も言わなかったよね」

無言で立ちすくむ俺に、リカコさんがまるで最後通牒《つうちょう》みたいに言った。

「あの子のためだけじゃないの。あなたのためでもあるの。あなたはもうずっと、終わらない夏休みの中にいるでしょう？　秋がきて、冬がきてもあなたは気がつかないふりをして、必死で今は夏休みなんだって自分に言い聞かせて……でもそういうの、どんどん辛くなると思うの。休みが続けば続くほど、余計に辛くなると思うの。自分から、ちゃんと終わらせない限り」

リカコさんは真剣だった。その真剣さで、俺の痛い部分に容赦なく、切り込んでくる。痛みに俺は顔をしかめ、そして見やるとリカコさんの顔も痛そうに歪《ゆが》んでいた。

「このままじゃ、ダメなの。あなたも、あなたの作品も。あなたは、目の前にいない、誰だかもわからない人たちの悪口を気にして、それがすべてだと信じてしまっていたけれど、今、目の前にいるたった一人のファンの言葉や気持ちを信じて、汲んで上げることはできないの？」

リカコさんの瞳から、涙が生まれてつうっと頬を伝う。この世で一番笑っていて欲しい人の涙に、俺の胸はズキズキ痛んだ。

確かに、ダメだ。未完の物語は据わりが悪い。俺が揺れるたび、あっちへぐらぐら、こっちへぐらぐら揺れやがる。その振動はまた自分へと帰ってきて、俺はもう、立っているだけでもフラフラだ。

わかっていた。

リカコさんが心底俺のことを思って心配してくれていることは、痛いほどわかっていた。ここをはぐらかそうものなら、きっと彼女の気持ちも離れてしまうってことも。

わかっていた。最終的にはきっと、こうなっちゃうんだってこと。それを恐れて、恐れて、けれどむしろ待ってもいたんだってこと。

だから俺は、リカコさんの眼をじっと見返して、はっきりと告げた。

「……わかった、やるよ」と。

4

これは決して美談でも、良いお話でもない。たった一人の読者のために、血を吐くような思いをして作品を完成させられるかってな、創作者としての心のありようの問題でもない。

ただ単に、便所行ってそのままほったらかしにしていたてめえの尻を、今さらながら拭《ぬぐ》うってこと。ろくでもない喩《たと》えだが、たぶん、実感としてはそれが一番近い。

俺は押入の中に突っ込んであった自分のコミックスを取り出し、一巻から読み始めた。プロットとかネームとか、全然そういう段階じゃない。まずは自分が必死こいてひねり出した作品と、きちんと向き合うところから始めねばならない。

決して目を背けず。第三者的視点と、創作者の視点を併せ持ちながら。

道のりは、めまいがするほど遠かった。辛くて恥ずかしくて孤独で、逃げ出してしまいたいような作業だった。だが俺は既に逃げ出し、すべてを投げ出している。逃げられる場所なんて、もうどこにもないのだ。

真剣に読み込むうちに、俺は所々でにやりと笑い、一度などは声を立てて笑っていた。なんだこれ、けっこう面白いじゃん……そう考えている自分に気づき、本気で驚いた。

読者から「ループしまくり」と言われ、自分でも「このあたりはいらなかったな」と思い込んでいた数話が、いくばくかのページを付け足して説明を加えれば、まったく違う意味を持ってくることにも気づいた。

俺が広げるだけ広げ、ぐちゃぐちゃのままで放っておいた風呂敷を、もしかしたら畳めるかもしれない。それも、一分の隙《すき》もなく、見事に。

久しぶりに……いや、かつてないほどに感じる、高揚感だった。

こんぐらがった糸玉が、ふいにほどけるようにするするとプロットが浮かんだ。思いつくまま、スケッチブックにいきなりネームを描いていく。ページ数に制限があるわけじゃないので、いいと思ったネタやセリフは全部ぶち込む。そのまま取り憑《つ》かれたように描いていき、半月後にはコミックス二冊分はあろうかという量のネームが完成していた。

現役のときに、このとんでもないスピードが発揮できていたならと、考えても仕方のないことを考えてしまう。

この段階で本来なら担当編集にチェックしてもらうわけだが、もう仕事ではないのでその工程は省く。代わりに、リカコさんに読んでもらった。リカコさんはものすごく喜び、それは真剣に読み込んでくれた。読み終えて、はらはらと涙をこぼしたのにはどきりとした。泣くようなラストじゃなかったからだ。自己犠牲も悲劇もない。大団円とも言うべき、痛快なエンドとなっているはずだった。

「ありがとう。とても嬉しい」

泣きながらそう言い、リカコさんはにっこり微笑《ほほえ》んだ。

リカコさんは的確な指摘をいくつかしてくれ、それを含めた細かな修正をし、いよいよ作画に取りかかった。こちらもまた、ペンに羽でも生えてるんじゃないかってくらい、早かった。アシスタントを呼べるはずもなく、背景からスクリーントーン貼りからベタからホワイトまで、全部一人でやった。別に締め切りがあるわけじゃなかったから、特に問題はなかった。買い物はすべてネットで済ませ、一歩も外に出ないまま、俺はひと夏をクーラーでキンキンに冷やした部屋の中で過ごした。

いつの間にか、蟬《せみ》の声が止み、コオロギや鈴虫がうるさく鳴き始めていた。窓を開けると気持ちの良い風が入ってくるのに気づいた頃、俺の作品は一分の隙もなく完成していた。

元来が凝り性な俺は、原稿をスキャナで取り込み、パソコンで手書き文字をすべて活字に直した。じっくり校正してから印刷し、それは見事な私家版を完成させた。

出来映えに満足した俺は、それを早速封筒に入れ、しばらくぶりに家を出た。一刻も早く、あの少年に届けてやりたかった。

携帯のナビを頼りに、俺は佐々良病院にたどり着いた。元々は輝くばかりに白かったかもしれないが、今は所々に亀裂の入った、くたびれた感じの灰色の建物である。正面の自動ドアから中に入ると、警備員からいきなり止められてしまった。

「ちょっと、あんた、何？」

あからさまに警戒されている。病院なんだから、病人か、でなきゃ見舞客だろうに、なんでそんなことを聞かれなきゃならないのだ。

俺はむっとして答えた。

「俺は漫画家だ」

よりにもよって、却って怪しまれるような自己紹介である。しかも今となってはその名乗りは正しくもない。慌てて補足した。

「この病院に入院している男の子と、約束したんですよ。漫画の続きを描いてやるって。ほら、これがその漫画」封筒から完成品を引っ張り出し、警備員の目の前で広げてみせる。だが、相手はまったく警戒を解いてくれなかった。

「お見舞いですか？　どこの科？　患者さんのお名前は？」

「科は……知らないけど、名前は三崎楓大ですよ。ミ・サ・キ・フータ」

焦るあまり声が大きくなっていたらしい。入り口ロビーを突っ切ろうとしていた年配の看護師が、ふと足を止めた。

「どうされましたか？」

少し硬い声で、彼女が言った。俺は必死で言いつのった。

「病気の子供に頼まれたんですよ。俺の漫画のファンだって言ってて、それで一生懸命作品を書き上げて、持ってきたんですよ。けっこう待たせちゃってるんで、早く渡してやりたいんですよ」

「ここに入院している患者さん、ですよね。もう一度、患者さんのお名前を……」

「三崎楓大です」

「三崎……」つぶやいて、看護師さんははっとした顔をした。「まさか、楓大君？」

「そうです。これを渡したらすぐに帰りますから。会うのがダメなら、渡してもらえるだけでいいんです。お願いします」

もうずいぶん長い間下げていない頭を、俺は深々と下げた。

「……ご存じ、なかったんですね」彼女は顔を歪めて言った。「三崎楓大君はもう、亡くなられていますよ」

それを聞いた瞬間、頭がかっと熱くなった。そして胸の裡《うち》は、氷を呑んだように冷たくなった。相手はさらに言葉を続けている……。

俺はそのまま床にくずおれて、獣のような咆哮《ほうこう》を上げ、泣いた。

5

どうやって家にたどり着いたか、覚えていない。

洗面所で顔を洗い、そのまま両手に受けた水道水をごくごく飲んだ。焼けつくように喉が渇いていた。

ふと顔を上げて、ぎょっとする。

鏡の中には、青白い顔をして、頬のこけた男が映っていた。髪はぼさぼさ、無精髭《ぶしょうひげ》は伸び放題、油と垢《あか》にまみれた、どっからどう見ても、かなりヤバイ類の不審者である。これでは警備員に止められたわけだと、妙に納得してしまった。

ぼうっと突っ立ったまま、鏡の中の自分をつくづく見つめているうちに、何かもやもやした思いが頭をもたげた。

俺はこの顔を知っている。こんな風になってしまった俺自身の顔を、知っている……。

胸がきゅっと痛んだ。考えているうちに、頭までがガンガン痛み出す。

「……ユキちゃん、大丈夫？」

両手で頭を抱え込んだ俺に、リカコさんが気遣わしげに声をかけてきた。その声までが、頭の中でボワンと反響し、なぜだか急激に俺の内部に不安が満ちてきた。

どうして俺は今、迷子になった子供のように不安で、たった一人世界に取り残されてしまったかのように、怖くて怖くてたまらないのだろう？

「……リカコさん」しわがれた声が出てきた。さっきあんなに水を飲んだのに、もう喉が渇いてカラカラだ。「あの子はもう、死んじゃっていたよ」

言いながら、濡《ぬ》れたままの顔にまた、塩を含んだ水滴が伝っていく。

「うん」

短く、小さく、リカコさんはうなずく。

「リカコさんは知っていたんだね……あの子が亡くなったことを……三年も前に、死んじゃっていたことを」

佐々良病院で、あの看護師さんは言ったのだ。

『三崎楓大君はもう、亡くなられていますよ……三年前に』と。

わけがわからなくて、しばらくその場で押し問答していた。

当時、看護師さんは三崎楓大の担当だったのだという。『そういえば』と彼女は言った。『楓大君は毎週毎週、お母さんに漫画雑誌を買ってきてもらうのをとても楽しみにしていました。大好きな漫画があるんだって……それがあるときから、今度も載っていなかったと、すごくがっかりするようになって……』

結局、楽しみにしていた漫画は再開されないまま、少年はこの世を去ってしまったのだという。

ならば……俺が肝試しで出会ったあの少年は、誰なのだ。

おかしいと、思うべきだったのだ。あの子はユウスケや翼と変わらない年齢に見えた。とすれば小学校三年生くらい、三年前っていくつだよ。いくら何でも、幼稚園児に理解できるような内容じゃないよ、あの作品は。小学校三年生だって、そんなちっこい読者がいたのかと驚いたくらいなのにさ。

普通に考えれば、あれは亡くなった少年の弟か何かで、何か理由があって何人もの他人を巻き込み、あんな茶番劇をしていたんだろう……あくまでも普通に考えれば、だ。

だが、普通の、常識的な考えを妨げる要因がいくつかあった。

リカコさんは決して、俺に嘘をつかない。言いたくなければ、黙っている。その姿勢は出会った頃から、見事に一貫していた。

そしてもうひとつ。あのパジャマの少年だ。大好きな漫画の作者に会えたと、痩せた白い顔を輝かせたあの様子……俺の主観に過ぎないとは言え、あれは到底、芝居には見えなかった。

しかし、と思いは同じところを堂々巡りする。嘘じゃなくて、演技じゃないのなら、一体全体どういうことなのだ？　と。

ふいに、頭の中で耳障りな警報が鳴った。ヤバイ、これ以上考えたら……いったい何がヤバイのだ？

「——全部話すね」

リカコさんが静かに言い、俺はとっさに耳を塞《ふさ》ぎたくなった。

「頼まれたんじゃないの。私が、ユウスケ君に頼んで協力してもらったの。だってあの子には私が視《み》えていたから」

キーンと、いやな耳鳴りがする。俺はひくひくと、痙攣《けいれん》したような笑いを浮かべた。

「見えてたって、そんな、俺にだって見えてるだろ？」

「あなたにしか、視えていなかったのよ……私も、もうとっくに、死んでいるの」

思わず顔を背けた先に、洗面所の鏡があった。髪も髭もぼうぼうの、痩せて幽鬼じみた男……俺はこの顔を知っている。すべてを投げ出して佐々良にやって来た、自暴自棄になった男の顔。

そもそもは、俺を追い詰めたのは、大好きだったはずの漫画だった。乾いた土地で深く深く井戸を掘るように、己の能力のなさを呪《のろ》いながら必死で作品を創り上げ、一方で、汲めども尽きない大河のような才能を持つ同業者たちに嫉妬し。自分のことばかりでいっぱいいっぱいだったある日——。

突然リカコさんは体調を崩して入院し、あっという間に帰らぬ人となった。

その瞬間、世界は俺にとってまったく価値のないものとなり果てたのだ。

「ごめんね。あのときのあなた、見ちゃいられなかった」痛ましげに、リカコさんは言う。

「野良犬みたいに痩せて、顔は真っ青で、世の中全部が敵になったみたいで。特に子供を目の敵《かたき》にして」

「……リカコさんを殺されたと思ったんだ。子供がリカコさんを殺したって思った」

渇ききった喉から、俺は声を絞り出す。彼女はゆっくり首を振った。

「元々、出産はとてもリスクが高いと言われていたの。それでも産もうとしたのは私のワガママ。子供は被害者だよ」

俺が子供を大嫌いで、見るのも嫌で、ほとんど憎んでいた、その理由……。

リカコさんを殺したのは、妊娠中毒症とかいう、わけのわからないものだった。アルコール中毒は、体内に入った酒が毒となる。ならば妊娠中毒とは、胎内に宿した子供が毒となったのだろう。つまり子供のせいだ、子供がリカコさんを殺したのだと……自分の責任には目をつむり続けていた。

それ以前から相当におかしくなっていた俺は、リカコさんを喪《うしな》ったことで完全におかしくなった。世の中を呪い、子供を憎悪し……何か事件を起こさなかったのが、不思議なくらい、だ……そう考えて、頭の芯がまた疼《うず》く。記憶がぶれて、定かではない。とにかく、気づいたらリカコさんが以前と変わらぬ姿でそばにいて、俺はすがりつくようにそれを受け入れ、そして少しずつ落ち着いていった。

俺は乾いた笑い声を上げた。

家事は俺が一手に引き受けているって？

そりゃあ、リカコさんにできるはずもない。二人前頼んだ寿司が、翌日にはきっかり半分、冷蔵庫の中で乾いていたが、俺はそれを無心で処分していた。どんな些細な疑問でも、抱いたら終わりだと、心のどこかでは理解していたから。

翼がしばしば顔をしかめたり、何か言いたそうにしていたわけだ。こんな薄気味の悪い、子供嫌いの親戚のところに、よくまあ通えたものだと今さらにして思う。

鏡の中に、噴き出すように涙を流す、情けない男の顔があった。リカコさんが優しく添えるように、俺の頭に手を伸ばす。だが、その白い手のひらは、俺の身体をすうっと通り抜けていった。

「あなたのことが、心配でたまらなかったの」

リカコさんの両眼からも、透明な雫《しずく》が流れ落ちていった。しかしその水滴は、はらはらとこぼれた後は、どこか別の次元に吸い込まれるように消えていった。

「私一人の力じゃ、楓大君をあなたに会わせることができなかったの。あの子の命日にあの子のお墓の側に行って、ユウスケ君と二人で『ほら』って示すことでやっと、あなたにだけ楓大君を視せることができたの……ユウスケ君は不思議な子よね。ほんと、感謝しているの。あの女の子にも。あの子はね、自分が未来人だって言ってたわ」

リカコさんはくすりと笑う。

「そんな……漫画じゃあるまいし」

「そうね、ほんと、そう」

鈴が転がるような声を立てて、リカコさんがまた笑った。俺の大好きな笑い声だ。

「あのね、二階の天袋にあなたが放り込んだ段ボール箱にね、今まで読者からいただいたファンレターが入っているの。その中に、赤いリボンで束ねたものがあるから、探してみて。楓大くんが送ってくれた手紙よ。病院から何通も出してくれていたの……ちょうどあなたは辛い時期で……あなたには伝えられなかったのよ。今でも後悔しているわ」

「リカコさんが悔やむことじゃないよ。あの頃に言われたって、たぶん、読みさえしなかったよ……そんな時間があったら、ネットの悪口を読んでた……俺は大馬鹿だな」

「そうね、大馬鹿だ。私の大好きな、大馬鹿よ……。もとのユキちゃんに戻ってくれて、本当に良かった。今まで一緒にいられて、本当に良かった。もう思い遺すことはないわ」

ひっかかる言い回しだった。ほとんど恐怖に駆られてリカコさんを見やると、彼女はあっさりそれを宣告した。

「ごめんね。もう一緒にはいられないの。たぶん、あなたにとってもその方がいいの」

「馬鹿、いいわけあるかよ。幽霊でもおばけでもいいから……ゾンビだってなんだっていいから、ここにいてよ。ずっといてよ。一生、俺と一緒にいてくれよ……頼むから……」

必死で言いつのる俺に、リカコさんは笑って首を振る。

「ごめんね、もう行かなきゃ。バスに乗り遅れるわ」

「バス？」

「うん。ここじゃないどこかに連れて行ってくれる、バス。楓大くんと一緒に、行くよ」

「俺も！　俺も、そのバスに乗る。一緒に連れて行ってよ……死んでもいいから」

掛け値無しの本心だった。一人残されるのは、死ぬより辛かった。

「ダーメ。あなたが子供たちに愛される漫画を描き続けて、その子供たちが大人になって、自分の子供に『お父さんたちが子供の頃、夢中になった漫画があったんだ』って話して聞かせるようになって……最低、そんぐらい先じゃなきゃ、ダーメ」

「やだよ。そんな遠い未来じゃ嫌だ」

駄々っ子のように首を振る俺に、リカコさんはなだめるように言った。

「すぐよ、案外、すぐ……よ」

リカコさんの声はかすれ、途切れ……その姿はどんどん薄くなっていき……やがて存在そのものが、ふっと消えた。

俺はその場にうずくまり、子供のように声を上げて、身も世もなく、ただ泣いた。

6

インタホンを押して名乗ると、すぐにドアが開いた。

「まあ先生、わざわざありがとうございます」

深々と頭を下げながら、中年女性が中に招き入れてくれた。

客間の仏壇に、覚えのある少年の写真があった。線香を上げさせてもらい、手にした荷物を差し出す。

「これがお電話した本です。お邪魔かもしれませんが、どうかご仏前にお供えさせて下さい」

『未来人フータ』の新装版である。全十七巻、ラスト二巻は完全書き下ろし、それ以前の巻にも、多くの差し替えや加筆箇所がある。発売前からずいぶんと話題になり、ありがたいことに評判もいい。

あれから、一年近くが経った。今や俺は、元漫画家ではない。月刊誌で時々集中連載をさせてもらう、現役漫画家である。

「私も読ませていただきますね」と女性は言い、目尻を指で拭った。「ほんとにまあ、楓大がお手紙をお送りしていた先生が、こんなに経ってもまだ覚えていて下さって、こうやっていらしていただけるなんて。それに一度、あの子のお墓にお菓子やお面をお供えして下さったのも、先生ですよね？　本当に、なんてお礼を申し上げれば……」

「いや……」

困って視線をさまよわせた先に、ひと抱えもあるサイズのペンダくんぬいぐるみがあった。

「あれも、先生がお見舞いにと送って下さったものですよね」

相手の言葉に、俺は首を振った。

「それはおそらく、妻が手配したものですよ。当時は本当に、何ひとつ楓大君にしてあげられなくて……」

ひょいとぬいぐるみを取り上げると、右腕にあたる部分に妙なものを見つけた。古びて剥がれかけた、絆創膏である。

胸が詰まるような思いと共に、ぬいぐるみをそっと元の位置に戻す。

「そんなこと……どうか、奥様にくれぐれもよろしくお伝え下さい。ありがとうございました、と」

俺は大きくうなずいた。

「もちろん、伝えます」と。

いつかきっと、という言葉を胸の裡でつけ加え、俺は辞去するために立ち上がった。

仕事場の机の上で、未完成の物語が待っているから。

――はやく自分たちに命を吹き込み、未来を与えてくれ、と。

はるひのの、あき

1

ねえ、そこの坊や。

そうよ、僕。君を呼んでるの。やあね、そんなびっくりしないでよ。目がまん丸になってるじゃない。

ああっ、ちょっと今、おばって言いかけたでしょ。ちゃんと聞こえたんだからね。失礼ね、お姉さんだよ。ほらほら、サラサラの長い黒髪、二重のぱっちりお目々に、桜色の頬と唇、どこからどう見ても、きれいなお姉さんでしょう？

でもまあ、子供から見たらオバサンか……でも、やっぱヤダ。お姉さんはね、ミヤ。ミヤって呼んで。

気になってたのよ、坊やのこと。時々ここに来るでしょう？　春先にも見かけたわ……お母さんと来てたでしょ。気づかなかった？

坊やのお名前は？　ふーん、ユウスケ君っていうんだ。いいお名前ね。

……無口なのね。なんかもっとしゃべろうよ。さっきから何をしているの？　ススキをそんなにたくさん。ああ、学校で頼まれたの。下級生が、ススキでミミズクを作るんだ。ああ、昔、そんなの見たことあるわ。おもちゃにして遊んでたらバラバラになってしまって、叱られたっけ。

偉いのね、坊や。小さいのに。ああ、もう五年生なんだ。それでも偉いよ、偉い偉い。

あたしが何しているかって？　あたしはねえ、坊やみたいに忙しくないの。要するにヒマなの。時間を持て余しているの。でね、ここが好きなの。川は嫌いだけど、川原は好き。特に秋はきれいよね。お天気のいい日は、ススキが銀色に風に揺れてて。そこらじゅうが気持ちのいい日だまりで。目をぴったりつむってもあたたかくて、明るくて。薄く目を開くと、飛び込んでくる景色はとてもくっきりしていて。光と影がごちゃ混ぜになって、ダンスを踊っているの。その中を赤いトンボがすうっと横切っていって、どこからか、金木犀《きんもくせい》の匂いが漂ってきて。大好きよ、ここ。ただの原っぱって言っちゃったら、まあ、そうなんだけどね。

え、はるひのって言うの、ここ？　知らなかった、素敵な名前ね。でも今は春じゃないし。あきひのね、ふふふ。はるひの、なつひの、あきひの、ふゆひの……あきひのがいいわ、あーきーひーのー。今は秋だしね。秋は好きよ。

えー、秋でもはるひの？　坊や、意外と融通が利かないのね。頑固。あたしの知ってる人みたい。すごーい頑固者。頭いいんだかなんだか知らないけどさ。

嫌いなのかって？　ううん、その反対。大好き。とっても愛しているの。坊やにはまだ早いかな？　あ・い。もしくはこ・い。わかる？　わかんないわよね。まあいいわ。

とにかく、それでね、ものは相談なんだけど……。

そいつのこと、取り殺してしまいたいの。

あらやだ、何おかしな顔をしているのよ。最初っからわかっていたんでしょ？
——あたしは幽霊よ。悔しいけれど、とっくに死んでいるの。だからって怖がることはないわ。今、坊やの目の前にいるのは、まぼろしとか、蜃気楼《しんきろう》みたいなものよ。

2

そいつと初めて会ったのは神社だったわ。そう、佐々良《ささら》神社。ああ、ギンナンを拾いに行くんだ。あたしはギンナンって大嫌い。だってすごく臭いでしょ？ あれを喜んで食べる人の気が知れないったら……でもまあ、そんなことはどうでもいいのよ。大事な話。
その頃ね、つまりあたしが生きてた頃のことだけど、あたしは散歩の途中でちょっと神社に寄ってくことが多くて、そこで何度か彼を見かけていたの。茶色くて四角い、革の鞄《かばん》をいつも持っていたわ。自分は古い木のベンチに腰かけて、隣に大事そうに鞄を置いて。最初、お弁当でも入っているのかしらって思ったけど、全然違ってた。野暮ったいツイードのスーツなんか着てて、足許は履き古したみたいなスニーカーでさ。おかしな茶色の帽子をかぶってて、黒縁《くろぶち》のメガネをかけてて、そりゃもう全体的にダサダサの朴念仁《ぼくねんじん》って感じ。第一印象なんて、ほんと最悪。なのになんでかな、ちょっと声をかけてみる気になったの。何回も見かけてたし、単なる気まぐれだったんだけどね。

声をかけるって言っても、ちょっと立ち止まってこんにちはって、それくらいだったんだけど。

でも、彼ったら見たこともないくらい優《やさ》しい笑みを浮かべて、「おや、こんにちは」って返してくれたの。

もう、イチコロだったわ。

そんなものよね、恋に落ちる瞬間なんて。

小一時間くらいだったかしら、私たちは一緒にいて。そして彼が「もう帰らないと」って、鞄を持って立ち上がったとき、思わず言ってしまったの。一緒に行きたいな、連れてって……て。言うだけならまあ、自由でしょ？

けっこう自信はあったのよ。自分で言うのも何だけど、あたし、どこへ行ってもきれいだとか可愛いとか言われていたし。特に瞳が神秘的で素敵だって、これはよく、彼からも褒められていたけどね。そんな素敵な容姿の可愛い子が、思いっきり甘い声でささやいたら、そりゃあ抵抗できる人は少ないでしょうよ。目論見どおりあたしは、その日から彼と一緒に暮らし始めることになったわ。

え、いきなり無茶苦茶だ？

そうね、無茶苦茶だわ。でもね、坊や。恋ってけっこう、無茶で唐突なものなのよ。大きくなったらきっとわかるわ。それも、そんなに遠いことじゃないわよ。

それにね、あたしにも事情があったのよ。詳しくは言いたくないけど、もとの家ではとても辛いことがあって、だからもう、ほとんど家出みたいな状態でね……ふらふら、あっちこっちの顔見知りのところを渡り歩くのも、もう限界って感じで。

だから彼とのことは、渡りに舟って言うか、まあ、運命よね。運命なら、仕方がないでしょう？

確かにね、運命が繋《つな》いだ二人だったのよ。だって本当に幸せだったんだから、あたしたち。

彼は近くの古いアパートに暮らしていたわ。狭い庭がついていたけど、誰も手入れする人がいなくて、ぼうぼう草が生えていた。お部屋の中は、男の一人暮らしにしちゃあきれいにしていたわ。大きな本棚に入りきらない本はきちんと積み上げてあって、仕事机の上にはガラスや金属の道具類がまっすぐに置かれていたの。家の中に入った途端、何か薬みたいな匂いがぷんとしたわ。

おいおいわかったことだけど、彼は薬関係の仕事をしていたの。製薬会社の研究室みたいなところに勤めているらしかった。詳しいことはよくわからないわ。別に興味もなかったし。

そして彼の趣味っていうのが、薬草の研究だったわ。仕事の延長って言うか、ほんとはそっちをやりたかったみたい。しょっちゅう、フィールドワークと称しては山の中に行って、色んな草や木の実や葉や根っこなんかを採ってきて、それを分析するんだって。あの茶色くて四角い鞄の中には、そのための道具がしまってあったの。お弁当じゃなかったわ。

それにしても、何が面白いんだか、よくわからない趣味でしょう？　一度、山歩きは楽しいよ、ミヤも一緒にくるかい？　なんて言われたけど、嫌よねえ、山なんて。汚れそうだし疲れるし、暑いのも寒いのも嫌だし、怖い獣もいそうだし。そういえば、あの人も蛇《へび》だけは大の苦手だって言ってたなあ……。幸い、よく行く山では出くわしたことないそうだけど。あたしだって蛇は嫌いよ、冗談じゃないわ。彼はね、小さい頃、てっきり紐《ひも》だと思って蛇をつかんじゃって……たぶん青大将かなにかでしょうけど……で、それがにょろにょろ巻きついてきて死ぬほど驚いたんですって。それがトラウマになったのね、きっと。

マムシじゃなくって良かったわ。もしそうなら、あたしは彼に会うこともなかった。そして……。

あ、話が逸《そ》れちゃったわね。

あたしがついてきてしまったことに、無理もないけど彼はとてもとまどっていて、何度も自分の家に帰るよう言われたわ。往生際が悪いわよね。これは恋なんだから、もう離れることなんて無理だったのに。それは最初から、お互いにわかっていたことだったのに。

ほんと、馬鹿なんだから。

結局は、無駄でささやかな抵抗だったのよ。夜になってしまったら、さすがにもう追い出そうとはしなかったわ。「ゴハン、何を食べたい？」なんて聞いてくれて。

それから、二人の幸せな生活が始まったの。まるで夢のようだったわ。坊や、大好きな人と二人で暮らすのがどんなに幸せで楽しいか、わからないでしょう？

え、わかる？　馬鹿ね、お母さんと恋人は全然違うの。別に坊やのお母さんを馬鹿にする気はないけど、でも全然違うの。坊やにもそのうちわかるわよ、きっと。

あたしは彼のことが大好きだったし、彼もあたしにメロメロだった。だからすごーく甘やかしてくれたわ。一度、うっかりして彼の仕事道具を壊してしまったことがあって……もちろんわざとじゃないのよ？　仕事机の上にあったガラスの器具を、落として割ってしまったの。きっとすごく叱られるんだろうなって思って、内心びくびくしていたわ……弱みを見せたくなくて、平気なふりをしていたけれど。彼が帰ってきてすぐに気づいて、優しく「怪我してないか？」って聞いてくれて……とても恥ずかしかったわ。もちろんすぐに謝ったし、もう二度と、彼の大切な物を壊したりしないよう、そりゃあ気をつけたものよ。

あたしは気まぐれだから、ふっと出かけてなかなか帰らないようなこともあったのよ。そうしたら、彼は心配して捜し回ってくれてたわ。ミヤ、どこに行ってたんだ、おまえは世間知らずだ、世の中は危険でいっぱいなんだぞって、あたしに新聞記事を読んで聞かせるのよ。若い娘さんが殺されたとか、子供が事故に遭ったとか、そういうやつ。笑っちゃうでしょ？　そんなこと、滅多にあるもんじゃなし、あたしはそれほど間抜けでもないし。

まさに溺愛《できあい》でしょ？　これは自慢で言っているんだけど。

初めの頃は少しうっとうしかったけど、彼の気持ちもわかったの。そもそも彼の家に来たときもあんな感じだったから、すぐにまた、気まぐれにいなくなってしまうんじゃないかって、恐れていたんだと思う。時々、独り言みたいに言っていたもの。

「なあ、ミヤ。頼むから、急にいなくなったりしないでくれよ。僕はもう、一人で生きていくのは耐えられそうもないんだよ」って。

あたしなしじゃ生きられないって、そう言ってるわけよ。恋愛に於《お》ける大勝利でしょ？　彼はあたしに首ったけだったの。それは充分わかってて、だから幸せだったわ。

あたしの方の「好き」は、どのくらい伝わっていたのかしらね……。自分でもわかっているんだけど、あたしは意地っ張りだったり、あまのじゃくだったり、すごく気分屋なところがあったから……なかなか素直になれなくて。彼は不安になることも、あったんだと思うわ。今にして思えば、だけどね。持って生まれた性質はどうしようもなかった……っていうのは言い訳かな。今さら、あれこれ考えても仕方がないことだけどね。つくづく、あたしも罪な女だわ。

坊や相手だから言ってしまうわね。今でもあの人のこと大好き……胸が苦しくなるくらい。好きで好きで仕方がないの。

それでどうして取り殺したいのかって？

もう、せっかちねえ。まずは甘くてラブラブの日々と、それから恋にありがちなすれ違いの積み重ねを山ほど語ろうと思ってたとこなのに。短気な男は嫌われるわよ。

用事は済んだしもう帰る？

やだそんな、冷たいこと言わないでよ。こっちはすごく切実なのよ、いいじゃない、少しくらい。まだお日さまは高いんだし、別にこの後予定もないんでしょ？

まあ、そこに座ってよ。仕方ないから肝心のことから話してあげる。

あたしだって別に鬼じゃないから、相手の心変わりとか、ふられたとか、捨てられたとか、そういうことなら殺すなんて物騒なこと言わないわよ。ま、せいぜい、生き地獄を味わわせてやる、みたいな感じ？　それくらいは当然でしょうよ。

どうして取り殺したいのかって、そりゃあ、深い深い怨《うら》みがあるからに決まっているでしょう。

それだけのことを、あいつはしたわ。

——殺されたのよ、あたし。もちろん、あいつにね。

3

……そうなんだって、ずいぶん落ち着いたものねえ……。坊やって、人から変わっているって言われない？

ここはほら、びっくりしたり、怖がったり、疑ったりするところでしょう？　あたしが言うのも何だけどさ。

そもそもさあ、あたしが声をかけたときのリアクションも、妙に薄かったわよね。こっちはずっと、どきどきしながら様子を窺《うかが》ってて、さあ、今、声をかけるぞ、次こそかけるぞって、散々ためらいながらほんとに思い切って、勇気を振り絞って話しかけたってのに……そんな風には見えなかったかもしれないけど。

うん、それは知ってる。幽霊には慣れているんでしょ。前に他の人間だの幽霊だのと一緒にいたものね。気がつかなかった？　坊やのこと、けっこう見てたのよ。だって視《み》える人なんて、滅多にいないもの。こうしてちゃんと意思の疎通ができるのは、坊やが初めてよ。あのとき、あの幽霊の頼み事を、きいてあげてたんでしょう？　だったらあたしの頼み事だって、きいてくれたっていいじゃない。あたしはどうしても取り殺したいのよ、あいつを。

……あ、ごめんなさいね。怖かった？　やだ、そんなにじりじり後ずさっていかないでよ。冗談よ、冗談。いえまあ、冗談って言うか本気なんだけど、とにかくいなさい、そこに。で、あたしの話を聞きなさい。わかった？

やだそんな、かしこまらないでくれる？

坊やだってさ、あたしの話を聞いたら、そりゃあ怨んでも無理もない、取り殺したくなっても仕方ないって言うと思うのよ。

言っておくけどね、坊や。

あたしだってなにも、最初っから人に頼む気満々だったわけじゃないんだから。

他の人には関係ない、超個人的な怨みだし？　こっちだって無関係な人を巻き込みたくなんかないし？　よりにもよって坊やみたいな子供を、色恋沙汰だの復讐劇《ふくしゅう》だのに引きずり込む気なんて、全然なかったのよ、本当は。

でも仕方がないじゃない。

肝心のあの人に、霊感のれの字もないんだから。

できるものなら自力でやっているわよ。でも、てんでダメなの。うらめしやーって化けて出たいのに……。普通なら、こっちがこれだけ念を込めてやったら、気配くらいは感じるものよ。あちこちで試したから、これはほんと。坊や以外にも、あたしを視るだけなら視えてた子がいたのよ。あんまりちゃんとは視えていないみたいだったし、意思の疎通もろくにできなかったけど。でも、そういうのは例外にしても、ふっと何かがいる気がして、やっぱり気のせいか、とか。ほんの一瞬だけ、寒気を感じたり、鳥肌が立ったり。暗闇で、あ、何かにぶつかるって思わせたり。その程度なら、大抵の人にはできるのよ。相手によっちゃあ、何もないところでつまずかせてやったり、なんてことだってできたのよ。おかしな言い方だけど、幽霊と関われる才能ってものが確かにあって、あの人にはそれがまったく備わっていなかったの。も、ほんと、哀《かな》しいくらいにゼロ。

うすうすね、ちょっとこの人鈍いとこあるかもとは、思っていたのよ、生前の話ね。ところがいざ死んでみたら、鈍いなんてもんじゃなかったわ。怨みつらみのエネルギーをかき集めてさあ、精一杯に恐ろしげな幽霊として、目の前を散々うろちょろしても、まるっきり気づきやしないんだから。秋の蚊《か》ほどもあの人を悩ませることができない。夜の地べたのアリンコ並みにも存在を示せない。この空しさが、坊やにわかる？　もう、視えるとか視えないとか以前の問題よ。こっちがどんなに頑張ってラップ音立てても、まったく何の反応もナシよ。坊やは経験ないでしょうけど、ラップ音立てるのって、ものすごく大変なんだから。急な坂道を、全力で駆け上るくらいの気合いはいるんだから。それを、鈴虫の声くらいにも思っちゃいないのよ、あの人。

取り憑《つ》く？　ああ、無理無理。そんなことできる幽霊は、相当な上級者だわよ、きっと。この世に何かよっぽどの未練があって、さまよってしまったような口ね。プラス、持って生まれた能力っていうのもあるんじゃないかしら、やっぱり。でも、死後に発揮される持って生まれた能力って、なんか変ね、考えてみると。

そういう意味ならあたしの方にも、才能は無かったんだと思うな。幽霊としての才能。そこへもってきて、幽霊を視る才能ゼロのあの人。これって最悪の組み合わせじゃない？　相性がいいんだか、悪いんだか……。

そこいくと、坊やは特別な力の持ち主よね。ほんと、スペシャル。そこは太鼓判押しとくわ。

そりゃあさ、あんまり嬉《うれ》しくない才能かもしれないけど。滅多にいないってことは確かよ。

へえ、誰かの役に立てるなら嬉しいんだ。年のわりにずいぶん奇特な子ねえ。

でも、じゃあそれならぜひあたしの役に立ってって話なわけよ。別に脅迫じゃないんだからね。心からの切なるお願いよ。

だからね、そう、話の続き。

あたしたちの恋の話。

恋の炎が突然燃え上がることがあるなら、そりゃ、いきなり消えることだってあるのよね。

あたし自身は、そんなことかけらも思っていなかったけれど。でも、そういうことだったのよ
……とても残念で、悔しくて、腹立たしいけど。

あたしに対する彼の態度は、ずっと変わらなかったわ。いつだって優しくて、愛情に満ちていて。だからなかなか気づかなかったし、だからこそ、後からは余計に頭にきたの。

おやって思うこともあったのよね。彼ったら、何だか急にお洒落《しゃれ》になったりして。髪の毛なんていつも適当に撫《な》でつけるだけで、寝癖《ねぐせ》がついたままの頭で平気で出かける人だったのに。妙にいつも、こざっぱりした感じになって。もちろんあたしは、それはいいことだと思っていたわ。

あとはね、妙にうきうきするようになったわ……今から思えば、だけど。いきなり、何か思い出したようにくすくす笑ったり、楽しそうに鼻歌を歌ったり。そりゃあ、一緒に住んでいる恋人が楽しそうだったら、こっちだって楽しくなるってものよね。あたしもはしゃいで彼にまとわりついたりしたら、優しく頭を撫でてくれたりしたけれど、でもなんだかそれは上の空だったわ。

状況的には怪しんで当然だったんでしょうけど、あたしはそれを信じたくなかったのね。彼のことを信じたかったの。そうするふりをして、長いこと自分を誤魔化していたの。

そしてあの日、見ちゃったのよ……知らない女の人と一緒にいる彼を。

情けないんだけどあたし、とっさに物陰に隠れちゃった……まるであたしの方が泥棒猫みたいじゃないね。堂々と二人の前に飛び出せば良かったのよ……そうしていたら、何かが変わったかどうかはわからないけど。

でもね……並んで歩いている二人がとても仲むつまじく見えてしまって。彼の顔が、今までに見たこともないくらい幸せそうに見えて……。

その瞬間、嫌でもわかってしまったわ。ああ、もうあたしは彼の一番じゃなくなったんだって。

心底、絶望したわ。彼があたしには変わらず優しいのが、余計に辛かった。でも、だからって彼の家を出て行くこともできなかった。他に行くところもない。今さら一人で生きていける気もしなかった……本当は、このときさっさとサヨナラできていればよかったんだけどね。あのときのあたしには、その勇気も決断力もなかったわ。

そのうちに、あの人はあたしを見ちゃあ、深いため息を漏らすようになったの。理由はあまりにも明らかで、バレバレ。そりゃあ辛かったわ。だけど今、一緒にいるのはあたし。あの女とのことは、一時の気まぐれに決まってる……最後には絶対、彼は目を覚ましてくれる……そう信じていたわ。信じ続けるしか、なかったから。

だけどしょせんあたしなんて、あの人にとっては勝手に住み着いた居候だったってわけね。彼はあたしをそっちのけにして、あの女との愛を育んでいたのよ……これが怨まずにいられる？　しかも彼は、とうてい許されないような卑劣な行いに出たの。

彼が新しい恋の幸せに酔っている頃、あたしは少しずつ、少しずつ、壊れていったわ。心も、そして体も。日ごとに体調がおかしくなっていったの。とてもだるくて、めまいがして、とにかく体がふらついて。変だ、変だと思い続けてた。

ある日、テレビで怪談をやっててね、見ながらあっと思ったわ。恐ろしいことに気づいてしまったの。

むごい話よ。男がね、邪魔になった妻を殺そうと、少しずつ毒を盛っていくの。妻は病んで髪は抜け落ち、目の上が腫れ上がってバケモノみたいな姿になってしまうのよーっ。ひどい話でしょうーっ？

あ、え、怖かった？　ごめんなさいね、つい興奮しちゃって。別に坊やを怖がらせるつもりじゃなかったのよ。

ね、思い出して。あの人は薬の研究をしているのよ？　薬ってものが、毒と表裏一体だってことくらい、あたしだって知っている。薬は病気を治しもするけれど、逆に健康な人を病気にすることだってできるってね。

今にして思えば、食べ物が変な感じがすることがあったのよ。何か、今まで食べたことのない、嫌な感じの味がするって思ったことが、何度もあった。何度も、何度も……そうしてあたしはついに、ああ、もうあたしの命は長くないんだなってことがわかったの。そういうときって、不思議と自分でそうとわかるものなのよね。死期を悟るって言うの？

それでねえ、あたしもたいがいな馬鹿なんだけど、ここで死んだらあの人に迷惑がかかるって考えちゃったのよ。泣かせるでしょう？　殺されかかっているっていうのに、好きな男のことを心配してあげちゃうんだから、ほんと、お人好し。

重い体を引きずって、とにかく行けるところまで行ってやろうって……後のことなんて知らない。自分がどうなったかも知らない。

気がついたらあたしは幽霊になってて……そりゃ死に方を思えば納得よねえ。怨みと未練がありすぎだもの。あんまりにも非道な仕打ちだもの。考えれば考えるほど、ムカムカしてきちゃってさ。どうしてあたしが殺されなきゃならなかったわけ？　あんまりじゃない？　哀れすぎるでしょう、あたしが。

だからあたしはどうしても、化けて出なけりゃならないの。オイワさんを見習ってね、うらめしやーって出てやって、死ぬほどあの人を怖がらせて。じわじわ恐怖のどん底に引きずり落として。そして絶望と共に取り殺さなければね。

人の怨みってのは理不尽なものでさ、こういう場合、女の方を怨む人が多いみたいだけど、あたしはそんな理屈に合わないことはしないわよ。あの女は別に、悪いことはしていないもの。そういうとこ、筋は通すたちなの。悪いのは、あの人だけ。

一緒になんか、殺してやんない。絶対。


だから、ね？

ここまで話を聞いたからには、もう逃がさないわよ。

じっくり確実に、あの男を取り殺しましょう。

ほらほら一緒に、うーらーめーしーやー……。

4

僕が秋のはるひ野でミヤさんに出会ったのは、実は偶然じゃなかった。

夏頃に、はるひから頼まれていたのだ。

はるひに会ったのは、その時でたぶん三度目だ。最初が小学校に上がる前の春。二度目が小学校三年生の夏休み。その時は、肝試しに付き合わされた。はるひは、子供だけでは心配だから、母にも声をかけてくれと言った。はるひには、身近な大人に頼れない事情があるらしかった。

母に「友達と肝試ししたいから一緒に来て」と伝えたら、何とそれだけの説明であっさり同行してくれた。母にはそういう、拍子抜けしてしまうくらい大らかなところがある。いいのかなあとこっちが不安になるくらい。でもたいていの場合僕は、母のそういう大らかさに救われたり安心したりしているのだから、ありがたいと思うべきなのだろう。

肝試しの後、母と僕とではるひを家まで送って行った。正確にははるひの家の近くまで。

「ありがとう、もうここで大丈夫」

にっこり笑って手を振ってから、はるひは角を曲がって行った。家まで送るよと、少し強引なくらいでもついて行けばよかったと、後で悔やんだ。その後はまた長いこと、はるひに出会えなかったからだ。昼間、はるひと別れた辺りをうろついても、その姿はどこにもなかった。

同年代の子供に会って、その子が違う小学校に通っていると知れば、必ず尋《たず》ねてもみた。

「ねえ、はるひって女の子、知っている？」

帰ってくる答えは、「知らない」ばかりだった。はるひは佐々良に住んでいるわけではないのかもしれなかった。

　こんなにも気になったのは、はるひがやけに不思議な女の子だったからだ。毎日の積み重ねの中に埋まってしまうには、あまりにも印象が強烈すぎた。折に触れて、考えてしまう。あれは何だったんだろう？　あの子は、何だったんだろう？

　ほとんど会ったこともない。長く話したこともない。ほんの小さい時から数年に一度、記憶がおぼろになりかけた頃にいきなり目の前に現れる。はるひに再会した瞬間、ああ、こんなに印象的な顔を、どうして忘れていられたんだろうと自分でびっくりする。

　はるひはまるで外国の人形みたいだった。ゆるいウェーブのかかった髪は長く、はるひ野の季節折々の日差しに赤みを帯びて輝く。濃いまつげに縁取られた大きな瞳は、光を受けてわずかに茶がかっている。鼻筋は細くすっと通り、肌は滑らかなクリームのようだった。

　僕は元々、それほどおしゃべりな方ではない。それが女の子相手ともなれば、なおさらだ。はるひはいつも、何もかも見透かした風で、どう見ても同い年くらいなのに、まるではるか年上と話しているみたいに圧倒される。あんな子は、他に絶対いない。言うことはほとんどわけがわからないけれども、はるひなりの筋がきちんと通っているのだとも思う。僕に頼み事をしてくるとき、別に偉そうだったり命令口調を使うわけじゃないけれど、拒否することはとてもできない。むしろ積極的にはるひの願いを叶えたいと思う。少しでも力になれたらと思う。はるひのあの強い目の輝きの中に、何かとても切実な、必死な色が見え隠れするからだろうか。

真夏の暑い日、はるひは紺色のかしこまったワンピース姿でいきなり現れた。あまり時間がないようで、少し早口に用件を伝えられた。

「秋になったらここで幽霊から頼み事をされると思うの。それがどんなに突飛なお願いでも、聞くだけは聞いてあげてくれる？」

僕は短く「わかった」と答えた。ほっとしたようにわずかに微笑《ほほえ》んだ口許を、しかしはるひはすぐにきゅっと引き締めた。

「とても大事なことなの。私じゃ、ダメだったの。だから、どうか、お願い」

僕がまた「わかった」とくり返すと、はるひはひとつうなずき、小走りに行ってしまった。

僕はその間、縫い止められたみたいに棒立ちになっていた。後を追えばよかった、せめてもう少し引き留めればよかったと思うけれど、そのどちらも、絶対に拒否されていたに違いない。すぱりと断ち切るような後ろ姿だった。

初めて会ったときから、はるひの正しさについては絶対の信頼を抱いている。けれど、なぜそうなのかは自分でもわからない。はるひを助けなければならないことも知っている。ただ、そうしたいからという理由で、僕ははるひの言葉どおりに動く。

九月から、僕はときおりはるひ野に出かけて行った。母は秋のはるひ野にはほとんど用がない。秋の実りは専《もっぱ》ら山だ。だから、僕一人で行く。用事を作ることもあったし、ただ、ぶらっと出かけることもあった。

ミヤが声をかけてきたのは、十月の半ば頃のことだった。ミヤは若い女の人の幽霊だった。会うなりミヤは、一人でやたらぺらぺらとよくしゃべった。

「そういう人は寂しいのよ」とお隣のおばあちゃんから聞いたことがある。「人恋しいの。私もそうだからね、よーくわかるの」と。

だからミヤも寂しいのだろうと思った。根気よく話を聞いていたら、終いにミヤはとんでもないことを言い出した。

人を殺す手伝いをしろ、と言う。

さすがにこれには面食らってしまった。どんな突飛な願いでも、とはるひは言った。けれどこれは、突飛とかそういう問題じゃないじゃないか。

だけどミヤの様子を見聞きする限りでは、ミヤ自身には何の力もなさそうだった。むしろ哀しいくらい、無力だった。そのまま放って帰るには気の毒な気がするくらい。

はるひは話を聞くだけ聞いてと言ったのだ。だけど話を聞きました、さあ終わり、ではあまりだろうし、はるひの本心もそこではないように思う。第一、このままサヨナラでは自分自身がモヤモヤしてしまう。

ミヤのお願いに、しばらく付き合ってみるのも悪くない、と思った。もちろん、誰かを傷つけたりするつもりは全然ないし、万一ミヤがそうしそうになったら全力で止めるつもりでいた。

ミヤが取り殺したがっている人は、もう以前のアパートには住んでいないのだという。

「でも大丈夫、まかせて。散々ストーキングして、居場所はちゃーんと突き止めてあるから」

ミヤは得意気にそう言っていた。

幽霊はこういうとき、とても便利なんだそうだ。

「人間誰しも、人に言えない秘密のひとつやふたつはあるもんよ。そういうのを見つけて、あいつを陥れるネタにしてやろうと思って、しょっちゅう、様子を見に行っているの」

悪役っぽいことを言いながら、ミヤはとても幸せそうな笑い声を立てた。

「あいつのことなら、なんでも知っているわ。いいところも、悪いところも全部知ってる。好きな食べ物も、嫌いな食べ物も、よく聞いていた音楽も、口癖《くちぐせ》も、部屋に染みついた薬の匂いも、みーんな知ってる。研究のことしか頭になさそうで、でも本当は優しくて情にもろいことも知っている」

「……優しい人が、ミヤを殺す？」

思わず僕が口をはさむと、ミヤは悔しそうに言った。

「あたしだって、そんなことができる人なんて思ってなかったわ。だから余計に許せないの」

「ミヤの勘違いってことはない？」

「何が？」

「全部」僕は急いで言った。「女の人のことも、ミヤを殺したってことも」

「はっ」ミヤは小馬鹿にしたように笑った。「それじゃあたしはどうして死んだのよ。それも勘違い？」

「えっと、わかんないけど病気、とか？」

ふんとミヤは鼻を鳴らしたけれども、その目は少しだけ自信なさそうに泳いでいた。何となく、ミヤは勘違いであることを願っているんじゃないかと思った。ミヤの心の動きを表しているのか、先に立って歩くミヤの身体は、輪郭がぼやけたり、ゆらゆら揺れたりしている。

「ここよ」

小さな美容院の前で、ミヤは立ち止まった。

「え、美容師さんになってたの？」

「それは、あの女。ねえ、坊や。少なくとも、女のことは勘違いなんかじゃなかったのよ。あれからまんまと彼と結婚してさ、自力でお店まで出しちゃってさ、おかげで彼は自由気ままに研究三昧の日々……幸せそうだったら！」ミヤはきっと目を吊り上げた。「悔しくて悔しくて……憎さ百倍だわ」

「……でも、好きな人が幸せになったら嬉しくない？」

恐る恐る口をはさんでみたら、ミヤはすごく馬鹿にしたみたいに「子供ね」と言った。かと思うと、ニンマリ笑って「こっちこっち」と僕を手招きする。まるで猫の眼みたいな変わり様だ。

建物と塀の間の細い隙間《すきま》を無理やりすり抜け、ミヤは裏手の窓を指差した。そちらはお店の奥の、人が住む部分みたいだった。

「ホラ、覗《のぞ》く」

「えーっ、人んちだよ」

「男が細かいこと気にしないの」

ミヤの言ってることは無茶苦茶だけど、迫力に押されて背伸びしてみた。小さな写真立てが目の前にあった。一目見るなり、あっと思う。白い猫を抱いた女の人が映っている。

間違いなく、今、目の前にいるミヤだった。今のミヤとほとんど変わらない。

どうよ、とばかり、ミヤはふふんと笑った。

「あの写真、どうしてこっち向いてるのかな？」

取り敢えず、思いついた疑問を口にする。あれじゃ、部屋の中からは見えないことになる。

「おおかたあの女がやったんでしょうよ。明らかに嫉妬ね。でも飾ってあることは間違いないでしょ……あの人は今でもあたしのことを好きなのよ」

ミヤは勝ち誇っている……すごく嬉しそうだ。

「どうやらあの人はいないみたいね……坊や、表から入って、あの女に彼がいつ帰るか聞いてきて。どこに行ったかもね」

「えーっ、僕が聞くの？」

「何のために一緒に来たのよ。ホラ、さっさと行く」

幽霊じゃなかったら、背中をぐいぐい押されていそうな勢いだ。仕方なく、美容院の正面に回り、そっとドアを開ける。幸い、他にお客さんはいなかった。

「いらっしゃいませー」

すぐに明るい声をかけられたけれど、女の人は僕を見てちょっと不思議そうな顔をした。

「あら、坊や。髪の毛切るの？」

「……そうじゃなくて、えと、旦那さんに用事です」

「あらまあ、あの人にこんな可愛い知り合いがいたなんて」ににこ笑って女の人は言った。とても優しくて感じのいい人だと思った。「ごめんねー、うちの人、また山に草採りに行っちゃったのよー。いつ帰ってくるんだか、ちょっとわからないのよね。ほんと、糸の切れた凧《たこ》みたいな人なんだから」

ころころ笑っている。何だかミヤの話から想像していたのと違って、小柄な普通のおばさんだ。

とにかく、旦那さんが留守にしてくれていて、ほっとした。

「あの……」僕は思い切って言った。「ごめんなさい、さっき裏に回って窓から覗いちゃったんですけど」

女の人は、あらまあという顔をしたが、別に怒っている風ではない。もうひとつ思い切って聞いてみることにした。

「あの写真の女の人、どうして死んじゃったんですか？」

すぐ脇で、ミヤが「あちゃー」と頭を抱えた。「真っ正直ならいいってもんじゃないよ」とかなんとか、ぶつぶつ言っている。

女の人も、さすがに驚いたらしかった。

「え？　あらやだ、見たの、あれ。猫ちゃんを抱いてる写真でしょ？」

「うん」今度は少し迷ってから、聞いた。「旦那さんと一緒に暮らしてた人ですよね？」

奥さんはずいぶんと面食らったみたいな顔をした。

「そりゃ、一緒に暮らしてたけど……あれ、主人の妹だから。でも、やあねえ、死んでなんかいないわよ？　つい先週も会ったけど、ぴんぴんして、元気すぎるくらい元気にしてたわよお……」

5

山川昭文《やまかわあきふみ》は、秋の山道をひたすらに歩いていた。

歩きながら、両肩に食い込む荷の重みを、そっと揺すり上げて位置の微調整をする。もとは四角い手提げ鞄だったのだが、今では茶色い革の色に合わせた丈夫な背負いベルトを取りつけてある。毎度鞄をぶら下げて山に分け入っていく彼を見かねて、妻の晴美《はるみ》が鞄屋に頼んで作り替えてくれた。

「まるで子供のランドセルみたいだけど」

と晴美は笑ったが、確かに今までの苦労が馬鹿馬鹿しくなるくらい、楽になった。なんと言っても両手が空いているのは何かと便利だし、安全だ。以前、夜道でふざけた馬鹿者に脅かされ、大事な荷物を取り落としてしまったことがあった。幸い中身は無事だったが、もうこれでそんな腹立たしい思いをする心配もない。

中に入っているのは植物の採取や簡単な実験に使う道具類で、リュックサックに収めるには適さない材質や形状のものが多かった。フィールドワークで用いるすべての道具が美しく収まった鞄を、彼はこの上なく愛していたが、妻のこの工夫は素晴らしいと思った。妻は学歴こそ彼に遠く及ばなかったが、学校とか試験とか、そうしたものとはあまり関係のない賢さがあるのだと、妻と出会ってから知った。料理上手の彼女のおかげで、食事の楽しさも知った。そして何より、同じ部屋の中に、柔らかくてあたたかい生き物がいることの、心地よさと、幸福と、そこに含まれるわずかな憂鬱《ゆううつ》や苛立《いらだ》ちも。

しかし、ああ、そうだ、と彼は思う。そうした、煩わしさのこもった幸せは、晴美と出会う前から知っていた。

——ミヤがいたじゃないか？

決して忘れていたわけじゃない。忘れられようはずもない。

だが、その名前と共に湧き起こるのは、愛《いと》おしさではなく黒々とした罪悪感だった。

「……ああ、俺はなんてことを……」

一人つぶやき、色鮮やかな落ち葉を踏み締めながら家路を急ぐ。

6

「――妹？　元気？」

奥さんの言葉に、思わず僕がミヤを見ると、まるでいたずらが見つかった子供みたいなバツの悪そうな顔をしている。

色々と嘘がありそうだった。

「ああ、良かった」ふいに奥さんが伸び上がって、高い声を上げた。「あの人、帰ってきたわ。坊や、運がいいわね。今日はずいぶん早かったわ」

見るとちょうど、茶色い帽子をかぶり、荷物を背負った男の人が角を曲がってくるところだった。

「ねえ、お願い、ユウスケ！」ミヤが必死な声で言った。「あの人に聞いて。どうしてミヤを殺したのか。あの人に言って。ここにミヤがいるって」

「あなた、良かったわ」近づいてきた男の人に、奥さんがにこやかに言った。「小さなお友達が、お待ちかねよ」

僕を見て、相手は不思議そうな顔をする。それには構わず、質問した。

「ねえ、おじさん。おじさんはミヤを殺したの？」

男の人はとても驚いたように目を見開き、うつむきながら低い声で言った。

「……ああ、俺が殺したよ。ひどいことをした。しかし何で君がそれを……」

ええ、認めちゃうのと驚いた。じゃあミヤは、嘘なんて言ってないんじゃないか。

「ちょっと待って、ミヤってあのミヤ？　それだったら私も共犯みたいなものでしょう？　私が作った食事でミヤは……」

奥さんまでが、とんでもないことを言い出した。どうしていいかわからずオロオロしていると、ミヤが焦《じ》れったそうにまた言った。

「ユウスケ！　あの人に言ってよ。ミヤがここにいるって」

わけもわからず、僕はうなずく。

「おじさん。ここにミヤがいるよ。どうして自分を殺したんだって言ってるよ」

指差した先で、ミヤの体がふいにぼやけた。揺らぎながらどんどん縮んでいく。呆気《あっけ》にとられながら見つめるうちに、ミヤの様子は今までとはまったく違ったものになった。

隣で息を呑む音がする。

「まさか、ミヤ……」

信じられない、というふうに男の人はつぶやいた。ミヤは男の人を見上げて、「みゃあ」と鳴いた。

「許しておくれ、ミヤ。俺は馬鹿だった。ネギが猫に毒だなんて、まったく知らなかったんだよ」

足許には、真っ白い一匹の猫がいた。きれいな金緑の眼で順々に僕らを見渡し、また「みゃあ」と鳴いた。

僕はびっくりして、しばらく声が出なかった。

実を言うと最初っから、何か変だなとは思っていたのだ。声をかけられたとき、ミヤの頭のてっぺんに動物の耳が、そして顔には銀色の細い針金みたいな髭《ひげ》が視えた気がしたから。思わず「おばっ」と口から出てきたのは、ミヤが誤解したように「おばさん」と言いかけたわけじゃない。「お化け?」と言いそうになったのだ。ミヤは自分の姿に自信満々っぽかったし、そのうち耳も髭も視えなくなったので、わざとそのことには触れないようにしてあげた。その方が親切かなと思ったから。

「……ミヤは猫だったのか」

やっとそう言うと、ミヤは「そうよ」というように「みゃあ」と鳴いた。

「なんで妹に化けたりしたのさ」

——だってあの女に化けたら話がややこしくなるでしょ。

ミヤの返事が聞こえた気がした。

「妹に化けたって、充分ややこしいよ」

ミヤが声を立てて笑った、気がした。

「ねえ、坊や。あなたミヤと話をしているの？　ミヤの……幽霊と」

奥さんが、そうっと首を傾《かし》げて聞いてきた。僕はうん、とうなずく。

「そうなの……信じられないけど、でも確かにあれはミヤだものね。今、突然出て来たものね」奥さんは一人うなずき、きゅっと唇を結んだ。そして真剣な顔で言った。

「だったら、ね、坊や。ミヤに伝えて欲しいのよ。あのね、うちの人に、ほんとに悪気はなかったの。私が注意すれば良かったのよね。あのね、お付き合いしていた頃にね、一人暮らしで、ろくな物を食べていないことを知った私が、色々と差し入れをしていたのよ。特に、この人が好きだって言う、ハンバーグとか、ミートボールとかロールキャベツだとかを。それでずいぶん経ってから、言われたの。君の料理は最高だ、ミヤも喜んで食べているよって。私、驚いちゃって。まさか猫ちゃんにも食べさせているとは思わなくて……まさか、植物に詳しくて、薬草の研究をしているこの人が、ネギやタマネギが猫に毒だってことを知らないなんて、夢にも思わなくて」

それは僕も知らなかった、と思いながらミヤを見る。伝えるまでもない、ミヤはすべてをそこで聞いている。そう奥さんに言おうとしたとき、すごく近くで獣のうなり声みたいな声が聞こえた。旦那さんが崩れ落ちるように地面に手を突き、うおううおうと吼《ほ》えるように泣いている。そしてミヤに向かって土下座みたいに頭を下げた。

「ミヤー、ミヤよお。ごめんな、可哀相なことを……ひどいことをしてしまって。知らなかったっていうのは言い訳にならないよな。こんな取り返しのつかない……そりゃあ、怨んで化けて出て来たくもなるよなあ。悪かった、ミヤ。このとおり、馬鹿な飼い主でごめんな。俺のせいでネギ中毒になんてなっちゃって、どんなにか苦しかったろうな……だのに俺ときたら、暑さで食欲が落ちてるだけだろうなんて暢気《のんき》に……病院に連れて行くなんて、思いつきもしなくて。いくらなんでも様子がおかしいと気づいたときには、いきなりふいといなくなって……もしやどこかで生きていてくれれば、なんて甘いことも考えたけど……こうして化けて出たってことは、やっぱり死んだんだよな。おまえ一人ぼっちで、どこで死んだんだよ、ミヤよお」

大人の男の人がこんなふうに泣くところを、僕は初めて見た。道行く人がぎょっとしたようにこっちを見て、何人か足を止めている。

僕はうずくまった男の人を避けて、ミヤがよく視える位置に移動した。ミヤはまだ、この人のことを取り殺したいと願っているのだろうか……。ワザとじゃないにしろ、ミヤが殺されてしまったことには違いない。やっぱりミヤはひどく怒っているのだろうか……。

——ほんとうに馬鹿な人。

僕の視線に気づいたミヤが、吐き捨てるように言った、気がした。

——いい学校を出て、難しい研究をしていて、なのにどうしてそんなに馬鹿なのよ。

——あの女もたいがいね。何だってまた、タマネギ入りの料理ばっかり作って寄越したんだか……まあ、彼の好物だったからだけど。いつも、美味しい美味しいって、嬉しそうに食べてたけど。あたしにも食べさせて、そうか、美味いか、美味いかって……ほんと、馬鹿みたい。

「ミヤ、まだ二人のことを怨んでいる？　取り殺したいの？」

僕の質問に、奥さんと旦那さんがどんな顔をしたかはわからない。ただ、ミヤはにやっと笑った、気がした。

——もういいわよ、馬鹿馬鹿しい。それにさあ……あたしじゃ、彼をあんな風に幸せにしてあげられなかったもの。あの奥さんはね、生活費なら自分が稼ぐからって、彼が会社を辞めて大学で研究することを許したのよ。信じられないでしょ？　夫婦そろって、ほんと馬鹿……でも、あたしは彼のためになーんにもしてあげられなかった。だからもういいの。

少しだけ無念そうにミヤが言うから、慌てて僕は首を振った。

「そうでもなかったと思うよ」

——そう？　そう思う？

「うん、絶対」

断言したら、ミヤは満足そうに喉を鳴らした。

それからゆっくりと旦那さんに近づき、優しく「にゃあ」と鳴いた。

僕がその意味を伝えるよりも早く、旦那さんは立ち上がって叫んだ。

「ついてこいって言うんだな。わかったよ、ミヤ」

7

そう、彼はいつだって、あたしの言葉が全部わかっていた。お腹が空いたと言えばちゃんと食事を出してくれたし、外に出たいと言えばドアを開けてくれた。撫でて欲しいと言えば心ゆくまでそうしてくれた。いちばん最初の「こんにちは」から、彼はちゃんと正確に理解してくれていた。

いつだったか、遊びに来た妹さんが、「この子、絶対自分のこと人間だと思ってるよね」と言って笑っていた。

でもそれは違う。あたしは自分が人間だと思ったことはない。ただ、人間だったらいいなと思っていただけだ。

「――あたしについてきて」

もう一度告げて、あたしは歩き出す。彼がちゃんとついてきていることを、あたしは疑わない。だから一度だって、振り返ったりしない。

あたしは音もなく歩く。幽霊だからじゃなくて、猫だから。背後から、試験管や器具が立てるカチャカチャした音が、離れずついてくる。彼の大切な、茶色の鞄が奏でる不協和音。あたしはあの音が、大好きだった。彼が家に帰ってきたことを、教えてくれる音だったから。

一寸の虫にだって、もちろん猫にだって、魂はある。

死んでしまったあたしは、長い時間をかけて人間の姿になることを覚えていった。普通できないわよ。我ながら、よくやったもんだと思うわよ。これも恋の力のなせる業ね。ほんと、恋ってけっこう、無茶で唐突なものなのよ。

でも誤算。せっかく人間の姿で幽霊になっても、誰にも視えないんじゃ、まるっきり意味がなかったわ。肝心のあの人に視えないんじゃ。そこに気づかなかったのは、まさに痛恨の極みね。だからユウスケに出会えたのは、ほんと、ラッキーだった。夏の夜、墓地で見かけたとき、ユウスケはすごいことをやっていた。子供の幽霊を、生きた他の人間に視えるようにしてあげてたんだもの、驚いたわ。だけどあのときは他の幽霊がくっついていたからユウスケに声をかけられなくて……次のチャンスが巡ってくるまでにまた何年もかかった……我ながら、気の長い怨みだと思うわ、ほんと。

——嘘よ。嘘。

全然、怨んでなんかいないよ。心の底から、大好きだったのよ。またあなたに会いたくて、「ミヤ」って呼んで欲しくて、ただその一心で化けて出たのよ。

あたしはすべるように歩く。後ろから、あの人の靴音がついてくる。カチャカチャ、カチャカチャ、鞄の中身が鳴る音も。

川っぺりの土手を駆け降りたとき、その音は止まった。それであたしは思わず振り返る。

あの人が、立ちすくんでいる。ススキやセイタカアワダチソウの茂みを背にして、あたしは「みゃあ」とあの人を呼ぶ。けれどあの人は、縫い止められたみたいにそこに立ち止まったままだ……。

「そこに蛇はいないよ」

追いついてきたユウスケが、そう叫ぶ声が聞こえた。

ありがとう、ユウスケ、賢い子。

そう、あの人は蛇が怖いの。ほんの小さな頃、こことよく似た川っぺりで蛇をつかんでしまってから。

根源的に植えつけられた恐怖から、人はなかなか自由になれないものよね。

猫だって同じ。殖《ふ》えすぎて困るから、なんて理由できょうだいが次々バケツの水に沈められて殺された。辛うじてあたしだけが、いちばん器量好しだからと残された。

その後どこへ行っても水が怖かったし、人間だって怖かった。あなたに会うまでは、ね。少しも怖くないどころか、あんなにときめいたのはあなたが初めてだったんだから。

ねえ、あたし、前と変わらずきれいでしょ。水鏡がなくたって、もっときれいに映る鏡は人の世界にいくらでもあるわ。だからあたしは、自分がきれいだったって知っているの。緑がかった金の瞳に、輝く純白の毛並み。どこへ行っても褒められたものよ。色んな人間があたしを飼おうとしたけど、絶対にあたしは居着こうとしなかった。

あなたに会うまでは、ね。

恋ってほんとに唐突。そしてだいぶ無茶。

「ここに蛇はいないよ、大丈夫」

力強く保証するように、ユウスケはくり返してくれた。ありがとう、ユウスケ。ほんと、感謝。

ユウスケの言葉に呪縛を解かれ、あの人は土手を降りてきた。あたしはまた、歩き出す。丈《たけ》の高い草の中であの人があたしを見失ったりしないよう、「ここよ」、「あたしはここよ」と呼びかけながら。

死んだ後になってまで、未だに水が怖いあたしの行き止まりは、だから川の手前一メートルの草の中だった。

あなたのアパートを飛び出した日、重くてふらふらする体を引きずって、どこまでもどこまでも歩いて行った。あなたから、少しでも遠ざかろうと。それが単に動物としての本能だったのか、それともユウスケに言ったようにあの人への愛ゆえだったのか。それとも他の何かだったのか。今となっては自分でもわからない。

決して怨みではなく、嘆きでもなく、自己満足でもなく。

ただひたすら歩き続けたあたしは、川によって行く手を阻《はば》まれ、そして息絶えた。

だからあたしの骨は、ここにある。ユウスケがはるひのと呼んでいたこの場所に。草に覆われ、半ば土に埋もれてここにある。

醜い死骸なんて、あの人には見て欲しくない。けれどこうして月日を経て、雨にさらされ、ときおり溢《あふ》れる川の水に洗われ、真っ白になった骨ならば……。

あたしは近づいてくる彼を待ち、前足でとんと地面を示した。

彼はそれを認めて、呻《うめ》くような声を立てた。そしてすぐさましゃがみ込み、降ろした荷物から小さなシャベルを取り出した。その鞄、そんなものまで入っていたのね。今、初めて知ったわ。死ぬほど好きな人のことだって、知らないことは星の数ほどもあるものね。それをひとつ知ることは、まるで星に手が届くみたいで嬉しいよ。

「……ミヤ、おまえは俺に来て欲しくて、ここに来て欲しくて、それで出て来てくれたんだな、ミヤ……」

日に焼けた彼の頬に、涙のひとしずく。なんて残念。実体があれば、そっと舐《な》め取って上げられたのに。

あたしが生きていた頃、彼は一度だってあたしの前で泣いたりなんかしなかった。これも知らなかったことのひとつ。嬉しくて、嬉しくて、でもやっぱりとても哀しいね。

彼は丁寧に丁寧に、高価な宝石を扱うように丁重に、あたしの骨を掘り出しては、広げたハンカチの上に集めてくれた。きっとあの女が洗濯して、アイロンをかけたハンカチだろうけれど、あたしはそんなこと気にしない。

ねえ、あたしの骨は、きれいでしょう？　輝くように、真っ白でしょう？

やがてあたしの骨一式は、やさしくハンカチにくるまれて、あの茶色の鞄の中にしまわれた。なんて最高の棺！　あたしの骨は彼の背に負われて、試験管や薬瓶や、それにシャベルなんかと一緒にカチャカチャ鳴るの。とても楽しくて、とても幸せ。

彼はパタンと鞄を閉じて、そしてあたしは彼の視界から消えた……永遠に。

秋の夕暮れのベンチの上で、あたしはうとうとと丸くなっていた。

あの人もユウスケも、もうとっくにいなくなってしまった。あの女は来ていたんだかどうだか、ちらりと視界に入った気もするけれど、どうでもいい。

「おや、先客がいましたか」

しわがれた、優しい声が降ってきた。

細く目を開けると、真っ白い髭を蓄えたおじいさんが立っていた。

「失礼しますよ」と声をかけ、ベンチの端っこにちょこんと腰を下ろす。なぜだかあたしに背を向けた、横向きだ。

「なんでそっぽを向いているの？　おじいさん、猫が苦手な人？」

棘のある声で聞いてやったら、おじいさんは振り向いて柔和に微笑んだ。

「いやいや、癖になっとりましてなあ……いつもここでこうして、川原で遊ぶ孫娘を見下ろしていたものですから」

「……そう。ならいいわ」

横柄に言って、あたしはまた目を閉じた。そうか、と思う。このおじいさんもまた、心から愛する者を持っていた人だったのね。

「猫さんや」

眠ったふりをするあたしにお構いなく、おじいさんは声をかけてきた。

「同じ乗客同士、ひとつよろしくお願いしますよ」

少しだけ、ほっとする。ほんとはちょっと、不安で寂しかったのだ。

「……おじいさんは、このバスがどこへ行くのか知っている？」

「さてねえ……だがきっと、そう悪いところじゃないでしょうよ」

「そこでずっと待っていたら、好きな人は後から来てくれるかしら？」

期待と共に、思わず首をもたげて聞く。おじいさんはこちらに向き直り、ゆっくりとうなずいた。

「そりゃ来ますよ、いつかはね。だけどそれは、遠い遠い未来の方がいい。そうでしょう？

猫さんや」

あたしはしばらく考えてから、渋々うなずく。

「まあ、そうかも、ね」

仕方ない、ずっと先でいい。遠い遠い未来でいい。

また、いつかどこかであの人に会えるなら。それならあたしは、いつまでだって待っていられる。

首をもたげたままの視線の先に、ふたつのおぼろな光が視えてきた。まるで夜目に輝く猫の眼みたい。ヘンテコでおんぼろなバスの、ヘッドライトだった。

あたしたちはそっと目を見合わせた。

バスはゆっくりとカーヴを曲がって近づいてくる。それに乗せてもらうため、どこだかわからない場所に連れて行ってもらうため、あたしとおじいさんは静かに席を立ち、バスに向かってくっと顔を上げた。

はるひのの、ふゆ

1

トンネルのような、冬だった。

夜は長く、暗く、刺すように冷たい。

空がうっすら明るくなるのを待ちかねて、家を出た。いつもの土手の上からは、水量の減った川の水が見える。細くつるりとうねっていて、まるでしなやかな蛇《へび》みたいだ。

冬枯れの原っぱは、人っ子一人いない。遮るものが何もない川原を、キリキリとした風が頬を切りつけていく。吐く息が、白い。

「――そら」

私は左手をぐいと突き出す。分厚く長い革手袋をした手首の上に、大きな鳥がいる。

体長約五十センチ。全体に濃い茶色。胸から腹にかけては、灰がかった白地に茶の斑《まだら》模様がお洒落《しゃれ》。そして鋭い目と黒いクチバシ……雄の鷹《たか》である。獲物を捕らえるためのかぎ爪は、強く尖《とが》っていて、指の力はとても強い。もし素手で腕に留まらせたりしたら……私はぶるりと身震いをする。あまり考えたくはないけれど、かなり無残な怪我をするだろう。餌《えさ》のヒヨコを引き裂く様子などは、本当に猛禽《もうきん》の名にふさわしい。

「行け、ヨル」

もう一度、促すように腕を強く振り上げると、ヨルはいかにも渋々と翼《つばさ》をばたつかせ、ふわっと浮いた。そのまますうっと滑空する。白っぽい腹を、枯れ草が撫《な》でそうな低空飛行だ。あぁして獲物を探している。高度が下がりすぎるとまた羽ばたき、そしてまた空を滑る。鷹の飛翔は、どれだけ眺めても飽きない。力強く滑らかで、そしてこの上なく優美だ。

近くの木に止まった小鳥たちが、驚いていっせいに飛び立った。もし、ヨルがすごくお腹を空かせていれば、あれもヨルの獲物だ。他には、野ねずみとか、蛇とか、カエルとか、虫とかが、ヨルの餌食《えじき》になる。私は見たことがないけれど、魚も捕ったりするらしい。チュウヒという名の、水辺を好む鷹だ。

今の季節、そうした餌は豊富ではない。加えて、ヨルの胃袋は今、満たされている。たぶん餌籠がもう空っぽなのもお見通しだ。だからヨルはいかにもやる気のない感じで、また翼で空を叩《たた》いて上昇し、大きく旋回した。それを申し訳程度にくり返し、早くもこちらに戻ってこようとしている。ため息をついて、胸に下げたホイッスルを吹く。いかにも、私が呼んだから戻ってくるのよ、みたいに。ヨルが私のことを信頼してくれてるのは確かだけれど、完全に舐《な》めきっているのもまた、確かなことだ……飼い主として、とても情けないけど。

十三歳の女の子である私が、腕に鷹なんて載せていたら、そりゃあ道行く人は驚く。もっと詳しい人なら、それがチュウヒであることに更に驚くだろうけど、そんな人は滅多にいない。そもそも私は、ヨルを散歩に連れ出すとき、しっかり足首にリードをつけた上で人の少ない早朝を選び、なるべく人と会わないルートを選んで出かけている。それでも私とヨルに話しかけてくる人はたまにいて、新聞配達の男の子なんて、わざわざ自転車を降りて駆け寄ってくる。ヨルが威嚇《いかく》するから必要以上には近づいてこないし、私も素っ気ない返事しかしないのに、よっぽどヨルが気に入ったのか、会うといつも声をかけてくる。もうすっかり顔馴染みだ。

最初は、ボロっちい革コート姿を見られるのが恥ずかしかった。おじいちゃんが着ていた茶色いトレンチコートは、分厚い革でできていて、だから冬にはヨルを肩に留まらせることだってできる（エポーレットとかいう肩飾りまで幅広の丈夫な革で作られているから、とても具合がいい）。でもそんなことをこっちから説明するのも変だし、そもそも私の格好なんて、全然目に入ってもいなさそうだ。男の子自身、誰かのお下がりみたいな古いジャンパーを着ている。自分も、他人も、どんな服を着ていようが無頓着な感じ。

だから私も気にしないことにした。

「……あの男の子はそんなに嫌じゃない」

声に出して、言ってみる。嫌じゃない。怖くない。別に好きでも嫌いでもない。普通。

ヨルのことは大好き。お父さんとお母さんも、まあ、好き。私が小学校五年生のとき、死んでしまったおじいちゃんは、大好き、だった。

後はみんな、怖い。嫌いだ。敵。

一番怖いのは、笑い声だった。

特に女の子の笑い声。忍び笑い。細かったり、高かったり、とても女の子らしかったりする笑い声が、けれど私にはとても怖かった。

あの子たちは、ヨルみたいな鋭いクチバシも、恐ろしいかぎ爪も持たない。なのに、肉を裂かれたり突かれたりされるみたいに、私の心を痛めつけてくることがある。

ヨルの目の前に私の心臓を放り出したら。ドクドク動くその赤い塊《かたまり》を、ヨルの爪は易々《やすやす》と貫き、クチバシはあっという間に切り裂いてしまうだろう……カニかまでもほぐすみたいに簡単に。

ヨルと同じように、あの子たちは捕食者だ。そして私は、捕食される側。さっきの小鳥や、野ねずみや蛇やなんかと同じ。

小馬鹿にしたように、あざ笑う声。

少し離れたところで、くすくす笑う声。

ボッチ。ヘンナコ。クサーイ。キンタロー。

笑いながら小声で、でも確実に私にだけは届く声量で投げつけられる言葉は、どれも私の心臓に、鋭い棘《とげ》となって突き刺さった。棘はそのまま刺さりっぱなし。決して抜けることはない。

だからもう私の心臓は、栗のイガみたいになっている。肝心の中身は虫に喰われて、すかすかの栗のイガ。誰にも拾われず、無視され、ぺったんこになった栗のイガだ。

私が毎朝馬鹿みたいに早起きするのは、ヨルのこともあるけれど、学校に行くのを少しでも遅らせたいからだと思う。一日が始まってすぐにあの場所に行くなんて、とてつもない苦行だ。

皆がまだ目覚めていない早い朝と、朝のヨル。言葉遊びみたいだけど、そのふたつが私には切実に必要だった。

だからその時間がとても短くなる冬は嫌い。でも春はもっと嫌い、秋は普通、夏はそんなに嫌いじゃない。夏には長い休みもあるし。

ヨルが戻ってきた。翼を広げたまま、見えない傾斜をつうっと滑り落ちるように飛んできて、直前でバタバタと羽ばたき、私の左腕に留まる。確かな重みに下がりかける腕に、ぐっと力を入れる。

鳥の表情はわからないけれど、もう空の散歩をする気はなさそうだ。ヨルはだいたいいつも、こんなふうにやる気がない。気怠そうにしている。飛ぶのが嫌いな鳥って、何なのだろう。

でも私だってヨルのことは言えない。

「さ、もう帰ろ……学校に遅れちゃう」

小さく、つぶやく。

また、灰色の憂鬱《ゆううつ》な時間が始まろうとしている。

2

最悪なのは、昼休みだ。

授業中は、黒板と、先生の言葉に集中していればいい。黒板の文字が読みづらいと嘘を言い、いつも一番前の席にしてもらっている。余計な物を見聞きしないで済むように。

お昼は班ごとに島を作る決まりだ。

私は食べるのが遅い。私の食が細いのを気にしたお母さんが、どう考えても食べきれない量を詰めてくれる。一度、もっと減らして欲しいと伝えたけれども、却下された。

「成長期なんだから、このくらいは食べなきゃダメよ。そんなガリガリに痩せてて、私がちゃんと食べさせてないと思われるじゃない」

そう言って、フルーツまで多めにつけてくれる。「お友達に分けてもいいから」とのことだが、私にデザートを分け合うような友達はいない。ヨルだけが私の友達だ。

お母さんがそれを知らないはずはないと思う。小学生の頃から、家にクラスの女の子を呼んだり、呼ばれたりしたことは一度もない。もちろん誕生会やクリスマス会にも誘われたことはない。

行事や学校での生活について、聞かれればぽつりぽつりと答える。クラスメイトの名が出てくると、期待を込めてお母さんは言う。

「その子とは、仲いいの？」

「……別に」と答えると、お母さんは失望を隠さずにふうとため息をつく。

「小さい頃は、あんなに明るくて元気だったのに。お友達だってたくさんいたのに」

お母さんがお父さんにそう言っているのを、聞いたことがある。お母さんは私が眠っていると思っていたのだ。

私は親を失望させている……もうずっと。そりゃ親は、自分の子が嫌われてるなんて思いたくない。

小さくため息をつきながら、ブドウをひとつ手に取ったとき、いきなり背中を強く押された。早々と食べ終えた男子が後ろを通る際にぶつかってきたのだ。思わず取り落としたブドウはころころと転《ころ》がり、机と机の間にぽとりと落ちた。班の中で、私の机だけが微妙に他から距離を取られているのだ。

急いで机の下に潜り、ブドウを探す。あった、と手を伸ばしたとき、頭上でどっと笑い声が起きた。その時点である程度は予期できたから、私はのろのろと自分の席に戻る。果物の器に、何かゴミが載っていた。食べ終えた後に残ったアルミカップだ。ケチャップでべっとり汚れている。それを確認したままの視線を、じっとそこに固定しながら、耳ではくすくす笑いを聞いていた。

「やっだー、可哀相じゃーん」

媚《こ》びを含んだ声で、楽しそうに女の子の誰かが言った。それに対して男子の誰かが、そらっとぼけるようなことを言っている。

私はそっと弁当箱の蓋《ふた》を閉じた。手早く片付けて、立ち上がる。図書室でも、トイレでも、どこでもいい。教室から、出たかった。

「シズカちゃーん、どこ行くの？」

班の男子からふざけたように言われたが、無視した。私の名前はシズカじゃない。美鳥《みどり》だ。彼らは私が全然しゃべらないと言って嗤《わら》う。臭いと言って、嗤う。

私がほとんどしゃべらないのは本当。臭いのも本当、かもしれない。

「なーんか、ケモノくさーい」と言われたことがある。それも何度も。なら、本当に臭いのだろう。ヨルの糞とか生き餌とか、おじいちゃんの古い革コートの匂いとか。たぶん、そういう匂いが私には染みついているのだろう。

廊下をどこまで歩いても、私の居場所は見つからない。

いつでも、どこにいても、周囲は私を拒絶しているような気がする。

誰よりも私自身が一番、自分がここにいることに、強い違和感を覚えているようにも思う。

放課後、寄り道をした。

家の近所に養鶏場がある。ヒヨコを分けてもらうことになっていた。ヨルの餌用だ。以前に一度だけ、早朝にヨルを肩に載せたまま寄ってみたら、ニワトリたちがいっせいに、狂ったような拒絶の叫び声を上げた。それはそうだ。羊の群れの中で、狼《おおかみ》を散歩させたようなものだから。慌てて家に戻り、自分だけでまた引き返した。

ヨルが初めて家に来た頃、同じようにしてカラスが騒いでいた。鳥類はナワバリに侵入した天敵にはとても攻撃的になる。鳥に限らず、生物は多かれ少なかれ、そうだろうけど。

人間だって一緒だ。

私はヨルと同じく、どこからか迷い込んだ孤高の天敵なのかもしれない……そんなことを考えながら、鶏小屋の横をすり抜け、フータに駆け寄る。フータは雄の柴犬だ。鶏の番犬としてここにいる。私がまだ遠くにいるうちから、嬉《うれ》しそうに尻尾を振ってくれた。私のことが好きで、大歓迎している……と思いたいところだけれど、それは違う。

私はサブバッグから弁当箱を取り出して、バラしたブドウを何粒か、手のひらに載せた。「待て」で少し待たせてから、「良し」と言うと、一瞬で食べてしまった。フータはフルーツが大好きなのだ。私の手を舐めて、「もっとちょうだい」と催促してくる。フータの舌が、手にぬるりと温かい。

「わかった、上げるから、ちょっと待って。くすぐったいよ」

笑いながら、次々ブドウを手のひらに載せる。弁当箱はあっという間に空になった。私の心も少し、軽くなる。これでお母さんにはもう、何も言われない。

フータの色んなところをわしゃわしゃ撫でてやってから、立ち上がった。そのとき、少し離れたところに同じ中学の男子がいるのに気づく。この養鶏所の子で、近所だから昔から知っている。一年生のときは、同じクラスだった。中学に入ってから、ろくにしゃべることはなくなったけれども。

彼は何か言いたげにこちらを見たけれど、すぐにふっと目を逸《そ》らした。勝手に犬に食べ物を上げていたことを咎《とが》められたらどうしようと思ったけれど、何も言わず、さっさと自分ちに入っていった。

ほっとため息をつく。

フータの背中をそっと撫でてから、お店の方に回る。産みたての卵を売っているのだ。ここでいつも、卵とヒヨコを買っている。卵は家で食べる用、ヒヨコは特別にお願いして、ヨルが食べる用。

中に入って呼びリンを押すと、奥からおばさんが出て来た。

「あら美鳥ちゃん、こんにちは。用意できてるわよ。ちょっと待ってね」にこにこ笑って言うなり、奥に向かって叫んだ。「つばさー、下駄箱の上に箱があるから、持ってきてー。ヒヨコ入ったやつ」

そちらは住居になっていて、呼ばれた翼《つばさ》というのはさっきの男子のことだ。

何かくぐもったような返事が聞こえて、のそのそと翼が出て来た。もう着替えている。さすが男の子は着替えるのが早いなあと、変なところで感心する。

ピヨピヨ鳴く小箱を、無言でぐいと突き出され、手に提げていたサブバッグを腕に引っ掛け、どうにか受け取った。

「大荷物ね」とおばさんが言うように、背中には教科書と辞書類が詰まったリュックサック、片手に体操着や何かが入ったサブバッグ、もう片方の手にはバッグからはみ出してしまったお弁当バッグに書道バッグと、毎日のことながら、何の修業かと思うような荷物の量だ。

「卵もあるし、ちょっと無理じゃない？」

おばさんはそう言って、さっさと引っ込みかけていた翼の腕をぐいとつかんで引き留めた。

「あんた、持っていってあげなさい」

翼は「ええっ」と露骨に迷惑そうな声を上げ、私は慌てて言った。

「いえ、大丈夫です」

「遠慮しないの。ホラ、翼も嫌な顔しない。ご近所なんだから、それくらいのサービスしてあげたっていいでしょう？」

明らかに翼の顔は「良くない」と言っていたけれど、お母さんには逆らえないのか、ぶつぶつ言いながら一度引っ込み、上着を持ってまた出て来た。

「あの、大丈夫だから、いいよ」

小声で言ってみたが、不機嫌そうに無視された。

「アイソない子でほんとごめんねー、美鳥ちゃん。照れてるだけだから、気にしないでね」おばさんはそう言って、翼が抱えた箱の上にどさりと卵が入ったレジ袋を置いた。「ホラ、これも。落とすんじゃないよ、割れたらあんたの小遣いからさっぴくよ」

「ちっげーよ、何言ってんだよ」

翼は顔を真っ赤にして怒りつつ、さっさと歩き出してしまった。おばさんにぴょこんと頭を下げて、私も後を追う。代金は、うちの母が月ごとにまとめて払うことになっていた。

翼が大股でどんどん歩いて行ってしまうので、小走りで追いかけた。

「あの、ごめん。次からちゃんと一回家に戻って荷物置いてから……」

「別に」

私の言葉を、ぴしゃりと遮るように翼は言う。怒っているみたいだった。犬のフータがリードをつけたまま寄ってきて、盛んに尻尾を振ってくれる。

はっと思い当たって、急いで言った。

「あ、フータに勝手に果物あげちゃって……」

「いーよ、そんなの」

つっけんどんに言われたけれど、いいのか、と少し嬉しくなる。その後ですぐ、更に足が速くなった翼を見て、はっと気づく。

「あ、私、臭いね。ごめん」

そう言ったら翼はちょっと振り返り、顔をしかめて「ちげーよ」とつぶやくように言った。拒絶されるのには、慣れっこだ。

そのまま少し距離をおいて、てくてく歩く。リュックサックがずんと背中に重かった。前を歩く翼の手許の箱から、ヒヨコの声が聞こえてくる。ヨルの鋭い警戒音とは大違いだ。いずれ、ヨルに食べられてしまう命。ピヨピヨ、ピヨピヨ、とてもか細くて愛らしい声。少しの間、私が育て、必要に応じて冷凍もする。そういう運命の、命だ。

翼のお母さんに確かめたことはないけれど、餌用のヒヨコにはかなりの割合で、怪我をしていたり、生まれつき弱かったりする個体が混ざっている。片目が潰れていることも多い。元気そうなのはたぶん、すべて雄。雄は卵を産まないから。そうやって選ばれて、弾かれて、あのヒヨコたちは翼が抱えた箱の中にいる。猛禽のクチバシや爪に向かって一直線の箱の中に。

家に帰って私はまず、一番早く死んでしまいそうなヒヨコを選び、ヨルに与えるだろう。私もまた、弾かれたヒヨコなのだと思いながら。

私の家の玄関前で、思い切って言ってみた。

「ねえ、翼。久しぶりにヨルに会っていく？」

おじいちゃんが生きている間は、翼は時々うちに遊びに来ていた。ヨルのことを「カッケー」と言い、だけど決して近づこうとはしなかった。

翼はちょっと驚いたように私を見て、すぐに目を逸らした。

「いや、いい」

素っ気なく言うと、ドアの前にそっと箱と卵を置いた。そして「ありがとう」と言う間もなく、逃げるみたいに走って行ってしまった。

私は小さくため息をつき、自分ちの呼び出しベルを鳴らした。早く暖かい部屋に入れてやらないと、この寒さじゃ、ヒヨコはあっという間に凍えて死んでしまう。凍え死んだヒヨコはフリーザーに入れるしかない。なるべくならヨルには温かい餌を食べて欲しいから……。

と、そこまで考えて、苦い思いが込み上げてくる。私のこういうところが、人から嫌われてしまう原因なのかもしれない。嫌だよな、こんな女子中学生は。翼もきっと、私のそういうところに引いているんだろう。女の子なら普通、ヒヨコを見て「カワイイ」と高い声で叫び、猛禽の餌になるなんて知ったら「可哀相」と涙のひとつもこぼすのだろう。

でも仕方がない。私は私、なのだから。

3

冬休みになった。身体と心を常に緊張で強張らせている日々から、少しの間、解放される。だから休み初日の私はいつも、解凍したヒヨコみたいにふにゃっとしている。

来年からは受験生なのだから、のんびり過ごせる残り少ないお休みだ。

朝早く、ヨルを連れて家を出る。この習慣ばっかりは、お休みだろうと関係ない。

着いてみたら、いつもの川原に先客がいた。困ったな、と思う。ヨルが人を傷つけたことはないけれど、猛禽は猛禽、怖がる人の方が多いだろう。

女の人だった。遠目でよくわからなかったけれど、外国の人みたいに見えた。白いダウンジャケットの背に、ウェーブのかかった赤い髪が流れ落ちている。きっとスタイルがいいのだろう。細身のデニムにロングブーツと、なんてことのない組み合わせなのに、なんだかやたらと格好いい。冬枯れの川岸を、散歩なのかゆっくりと大股に歩いている。

女の人がいるところを見て、胸がざわりとした。

そこは私にとって、何だかとても不吉な感じのする場所だった。一度だけ、夢に見た場所。私はそこで、川面に半ば沈み込み、俯《うつぶ》せに倒れていた。とても苦しくて、恐ろしくて、叫び出したいくらいに怖いのに、声が出なくて、息さえできなくて……そこで目が覚めた。

夢で見た、ちょうどその位置で、女の人は立ち止まった。そして私の視線に気づいたように、ゆっくりと振り向く。

やっぱりと思った。やっぱり、きれいな人だ。遠いのに、それはわかる。彼女のすらりとした立ち姿だけで、わかってしまう。テレビに出ている、女優さんやモデルさんはこんな感じなのだろうか。佐々良《ささら》という田舎町で、とてもくっきりと浮いている。私は自分のおかしなコート姿が、急に恥ずかしくなってしまった。古くて汚くて男物でサイズも合ってない……このまま帰ってしまおうか……。

どぎまぎとそう考える私の方に、なぜか相手はどんどん近づいてくる。

遠目で確信したとおり、彼女はとてもきれいだった。けれど思ったほどには若くない。落ち着いた、大人の女性という感じ。

「おはよう、お嬢さん。素敵な鷹ね」

凛《りん》とした、けれど優《やさ》しい声で彼女は言った。

「……おはようございます」とこちらは、蚊《か》の鳴くような声だ。全然知らないのに、いきなり友達みたいに話しかけてくる人は苦手。どう答えていいかわからなくて、へどもど、おどおど、とても惨めな気持ちになってしまうから。

女の人は、ヨルが珍しくて見に来たみたいだった。きっと、散歩中の犬と飼い主に必ず声をかけていくタイプ。

おじいちゃんがまだ生きていた頃、ヨルとは別の鷹を飼い馴らしていた。朝、川原でその子を飛ばせていると、同じように目を輝かせて近づいてくる人たちはいた。おじいちゃんはそういう人たちのために、鷹の自由飛翔を見せてあげていた。皆がわあっと歓声を上げるのが、子供心にとても誇らしかった。

おじいちゃんは昔、県庁に勤めていた。当時からおじいちゃんの鷹飼いは有名だったみたいで、ヨルがうちにやってきたのはそのご縁のおかげだ。

ひどい怪我をして飛べなくなっているところを保護されたヨルは、獣医さんに手当てを受けた後、紆余《うよ》曲折あっておじいちゃんが面倒を見ることになった。本当なら、野生動物を個人が飼育することはできない。特に鷹は絶滅危惧種だ。勝手に飼うことは法律で禁止されている。それまでおじいちゃんが飼っていたオオタカは、ブリーダーさんが孵化させた雛を買ってきたものだし、ちゃんと許可をとってもいた。その子はもうとっくに死んでしまったけれど。

だけどヨルは正真正銘、野生のチュウヒだ。絶滅の恐れありとされている種だ。傷病鳥なら手当てをしてやり、すぐ野に放たなければならない……本当なら。

だけどヨルは怪我が治っても、一向に旅立とうとはしなかった。チュウヒは越冬のために秋頃飛来する冬鳥だけど、春が来ても、夏が来ても、秋が来ても……再び冬がやって来ても、ヨルが飛び立っていくことはなかった。

ヨルが家に来てから、もう丸四年になる。

そのヨルが、私の腕の上で短い警戒音を立てた。それを察してか、女の人はそこで立ち止まり、人懐っこい笑みを浮かべて言った。

「もしかしてその子、チュウヒ？　もしそうならあなた、すごいわね、こんなに懐かせるなんて」

「そうです、チュウヒです」びっくりして、思わず大きな声が出てきた。「よくわかりますね。

おじいちゃんなんて、猛禽類はひとまとめにワシなんて言ってましたよ。細かいことはどうでもいいんだって……」

「大らかなおじい様ね」

くすりと笑って、女の人は言った。何だか嬉しくなって、こちらから質問をした。

「鷹、好きなんですか？」

「図鑑で眺めるくらいだけどね。実物を見るのは初めてよ。名前はなんていうの？」

「ヨルです」

「へえ、変わった名前ね。何かの略？　ヨルムンガンドとか」

「……何ですか？」

「北欧神話に出てくる蛇の怪物よ。まあ関係ないわよね」

「ヨルは、蛇も食べます。ずいぶん前に一回だけ、捕まえたことありますよ」

「すごいのね、まるで鷹匠《たかじょう》じゃない」

目を丸くされて、どぎまぎした。

「すごくないです。おじいちゃんはすごかったけど、私は……。ヨルは勝手に狩りをしているだけで、私の思いどおりに動くわけじゃないし……」

「ええっ、すごいわよ。ねえ、ヨルくんを飛ばしに来たんでしょ？　見てみたいわ、お願い、ダメ？」

顔の前で手を合わせ、子供みたいに目をキラキラさせて聞いてくる。思わず笑ってしまった。

「もともとヨルの散歩に来たんだから、大丈夫ですよ」リードを外し、私はヨルに命じた。

「行け、ヨル」

呼びかけながら左腕を強く振り上げると、ヨルは翼を広げ、力強く飛翔した。それを目で追いながら、女の人はすごいすごいと興奮したようにくり返している。

誇らしいような、恥ずかしいような気持ちになりながら、私もヨルの飛翔を見守った。やがて頃合いを見てホイッスルを吹く。するとヨルはちゃんと反応し、滑らかに下降して私のグローブに戻ってきた。

「ヨシッ。今日はいい子ね、ヨル」

褒めながら、餌籠の肉を取り出して、ヨルに与える。今日は本当にバッチリだった。女の人も「とてもいいものを見せてもらったわ」と満足げだった。見物人がいるときにだけやたらとお利口だなんて、ヨルもずいぶん調子がいいなと思う。

それきり二度と会わないだろうと思っていたら、女の人は翌朝も川原に現れた。

ヨルが気ままに空を飛んでいる間、私はポケットから取り出した手帳をパラパラめくっていた。するとふいに、背後から声をかけられた。

「ずいぶん渋い手帳を使っているのね」

びっくりして振り向くと、あの人だった。会うなり満面の笑みで「メリークリスマス」と言った。大きく両手を広げるジェスチャー付きだ。

「今朝、あなたのところにサンタさんは来た？」と聞かれ、私は手帳をそっとポケットに戻す。

「あ、はい、今朝というかこの間、お母さんからヨルの水入れを買ってもらいました」

と答えると、相手は不思議そうな顔をした。

「ヨルの？」

「はい。けっこう古くなっちゃってたので……」

「あなた自身が欲しいものはなかったの？」

「欲しいもの？」

首を傾《かし》げると、女の人は焦《じ》れったそうな顔をした。

「色々あるじゃない。好きな歌手のＣＤとか、素敵な洋服とか、可愛らしい来年の手帳とか」

どうしてそんなことを言うのだろう。どれもまったく、欲しくなかったので、言った。

「えと、だからヨルの水入れが欲しかったんです」

欲がないのねえとつぶやいてから、女の人はコートのポケットから何かを取り出した。

「じゃあこれはあなたに。こんなおばさんサンタで悪いけど、メリークリスマス」

ぽかんとしていたら、きれいな包みをぽんと手の上に置かれた。真新しいレースの白いハンカチで何かをくるみ、赤とグリーンのリボンで飾ってある。

「大したものじゃないの、クッキーよ。本当は手作りしたかったんだけど、今いるのは自分ちじゃないから市販品」

「あ、どうも……」

口の中でもごもごお礼を言う。心底、びっくりした。なんでクリスマスプレゼントなんてくれるの？

なんで？　ちょっと会って、立ち話をしただけの子供に、なんでクリスマスプレゼントなんてくれるの？

「……あの、やっぱり受け取れないです」私はそっと包みを相手に押し戻した。「知らない人からものをもらえないです」

「そんな大袈裟《おおげさ》なものじゃないんだけどな」残念そうに言い、女の人は包みのリボンをさっとほどいた。「なら、今ここで食べちゃいましょ？」

そう言うなり、きれいにパッケージされたクッキーのビニールをバリバリ破ってしまった。そのままひとつ取って、ぽんと自分の口に放り込む。

「あらけっこう美味しいわ……おひとついかが？」

思わず言われるままに手を出して、ひとつつまんでしまった。左手には鷹専用の分厚い革手袋（ファルコングローブと言って、おじいちゃんのお下がりだ）をしているけれど、右手はリードのつけ外しのために素手なのだ。

取ってしまった以上、仕方がないので口に運ぶ。香ばしくて上品な甘さで、確かに美味しい。

「よかったら、もっと食べない？」

重ねて言われ、今度ははっきりと首を振って「お腹空いてないんで」と断った。その瞬間、冗談みたいなタイミングで私のお腹が盛大に鳴ってしまった。まだ朝食前で空っぽだった胃袋が、クッキーを一枚もらえたことで活動を始めてしまったものらしい。

女の人は少し笑ってから、わざとらしく口を尖らせた。

「……お腹が空いているのなら、食べてくれたっていいのに」

まるで拗《す》ねた子供みたいだ。困っていると、女の人はふいに身体が触れそうなくらいに近づいてきた。もしかしたら私が発している臭気が、はっきりとわかるであろう距離に。

思わず身を引こうとしたら、両方の二の腕に手を添えられた。

「ねえ、寒くない？　あなたのそのコートは、ちゃんと暖かい？」

真剣な面もちでそう聞かれ、やっぱりすごくみすぼらしくて汚いと思われたかと、顔が少し熱くなる。

「大丈夫です、寒くないです……あのこれ、亡くなったおじいちゃんのコートで。ちょっと古いけど、丈夫な革だからヨルを肩に載っけたり、できるんです。でもやっぱり古いから、臭かったりしたらごめんなさい……」

なぜだかすごく混乱してしまい、いきなり一人でわーっと言い訳じみた言葉を並べてしまった。

それに対して、女の人が何か言おうとしたとき、あっと思った。

「ダメ、ヨル、ダメッ」

胸に下げたホイッスルを吹く間もない。

ヨルが明らかに攻撃態勢で、一直線に女の人を狙《ねら》っていた。その前に立ちはだかり、グローブを嵌《は》めた左腕を顔の前に突き出す。飛んでくる矢のようだったヨルは、翼を大きくばたつかせ、落ちそうになりながらなんとか私の腕に留まった。

心臓が、痛いほどにどきどきしていた。

「……ああ、びっくりした」女の人の声は、言葉に反して落ち着いていた。「私があなたを苛《いじ》めているように見えたのね」

ごく落ち着いた声で、女の人が言った。

「ごめん……なさい……」大きく息をつきながら、私は言った。震える手で、ヨルにリードをつけてやる。

危なかった。本当に、危なかった。

今まで、ヨルが人に向かっていったことなんてなかった。人間の皮膚なんて、猛禽の爪の前ではひとたまりもない。フォークで果物を突き刺すようなものだ。その鋭い切っ先がもし目にでも当たったら……なんてことは、考えるだけでも恐ろしい。

「ヨルはあなたの騎士なのね……」

一人納得したように女の人は言い、しばらく何か考えている様子だった。

「——ねえ、美鳥ちゃん」

突然呼ばれ、びくりとした。

「どうして？　私、名前、言ってないですよね」

「……迷っていたのだけれど……」今もまだ、迷っているのだという風に、相手はそっと首を振った。「このまま、通りすがりの馴れ馴れしいおばさんのままでいようかとも思っていたのだけれど……」

また少し言葉を途切れさせ、そして続けた。

「このままじゃ、やっぱりダメね。本当のことを言うわ。私はあなたのことを知っていたの。この時期、この時間にここに来れば、あなたに会えることも知っていた。ヨルのことだって、本当は私、鷹の見分けなんてつかないわ。あなたの懐に飛び込むために、知ったかぶりしてチュウヒね、なんて言ったの。もともと、あなたがチュウヒを飼っていることを知っていたから。ずるくてごめんね」

私はただ、黙って聞いていた。女の人が何を言いたいのか、何をしたいのか、まったく予測できなかった。

警戒を解いたのか、リードのおかげか、ヨルは私の腕の上で、置物のように動かない。

女の人は小さく微笑《ほほえ》んでから、言った。

「——あのね、美鳥ちゃん。私はね、未来からやって来た、未来人なのよ」

4

たぶん、私がよっぽどぽかんとした表情を浮かべていたのだろう。女の人はくすくす笑った。だから続けてすぐに、「冗談よ」と言うとばっかり思っていた。けれど実際には、私が聞いたのはその正反対の言葉だった。

「本当よ。信じられないかもしれないけど、信じられないのも無理はないけど、本当のことなの。そしてね、私はあなたの遠い子孫にあたるの」

「――嘘」

短く私は否定した。ほんと、馬鹿みたい。嘘決定。だってそんなこと、あり得ないんだから。

女の人は苦笑した。

「そりゃあ、いきなり未来人なんて言われて、信じろって方が無理だけど」

「そこじゃなくて、私に子孫がいるってことです。あり得ないですよ、私、絶対結婚とかしませんから」

できない、と言った方がより正しいだろう。女の人はぷっと噴き出した。

「そこなの？　先のことなんてわからないものよ。そういうこと言っている人に限って、あっという間に恋愛して結婚しちゃったりするものよ」

「でも、だって、おばさんと私、全然似てないじゃないですか」

腹立たしくさえ思う。ほんとに似てないよ。雀《すずめ》と白鳥くらい、似てないよ。

「ああ、私、ハーフだから」事もなげに女の人は言った。「未来は今よりもずっと、国際結婚が盛んなの。今さら誰も珍しがったりしないし、変な偏見とか、差別とか、そういうのは全部なくなっているわ」

「でもっ」私はちょっとムキになって言った。「あり得ないです。私なんて、暗いし、可愛くないし、臭いし、取り得ないし……」

ふんふんとうなずきながら聞かれて、私は口ごもった。

「……それにみんなから嫌われてるし」

「ネガティブキャンペーンはそれでおしまい?」悪戯《いたずら》っぽく言い、女の人は片目をつぶった。「でもね、考えてもみて。子孫がいるってことは、自分の血筋が未来へとつながっているってことなのよ。人と人が出会って家族になって、子供が生まれて、その子が大きくなってまた別の誰かに出会って。そのくり返し。リレーみたいなものよね。あなたが渡したバトンは、次々未来へと手渡されて、今、私が持っている……シンプルな話じゃない? そんなに荒唐無稽《こうとうむけい》なことかしら」

「はい」

こくりとうなずくと、女の人は「まあしょうがないわね」と苦笑した。「ねえ、美鳥ちゃん、考えてみて。大昔の人は、人が宇宙に行けるなんて思ってもみなかったはずよね。それが今じゃどう？　時間旅行だって同じことよ。私がいた未来では、そりゃまだ、誰でも行けるってわけじゃないけど。宇宙飛行士と同じように、たくさんの志望者の中から選ばれて、長い間訓練して、やるべきこと、やっちゃいけないこと、そしてこの時代のことを徹底的に学んで、今、私はここにいるの。どうしてもやらなきゃならないことがあったから」

この人が、大勢の中から選ばれたのだ、ということだけは、妙な説得力があった。そうだろう、と思う。この人は、選ばれる人間。そして私は、誰からも選ばれない人間。

そんなことを考えてしまったから、信じたわけでもないのについ尋《たず》ねてしまった。

「どうしてもやらなきゃならないことって、なんですか？」

女の人はしばらくためらう様子だったが、やがてくっと顔を上げた。

「私は娘の命を助けるために旅をしているの。そのためなら、どんなことでもやるつもりなの」

その言葉はとても力強く、誇らしげにさえ聞こえて、少しいらっときた。

「おばさんの子を助けたくて、それで未来から来て、もしそれがほんとだとして、私に何の関係があるんですか？」

「あなたを悲惨な未来から救いたいの」

「え……」

「わかってるわ、不吉な予言をする人間は嫌われるって。でも仕方がないの、私にはあまり時間がないの。自由に行動できる場所も期間も、ごく限られているわ。本当はもう少し自然な感じで、うまくやりたかったのだけれど」

「娘さんを助けるついでに、私も助けたいってこと？」

「それは正確じゃないわ。娘を助けようとしたら、結果的にあなたが生き延びることになったの」

わけがわからない。ぽかんとしていると、相手はもどかしそうに言葉を継いだ。

「もしかしたら、悲惨な未来は、悲惨な過去を無理やり消したせいなのかもしれない。あなたの過去は、一度改変されているの。本当なら、あなたは小学校に入る前に殺されていたわ。ほら、そこの川の岸辺で……昨日、私が立っていた場所で。そして同じとき、それを見たおじい様も、ショックから心臓発作を起こして亡くなっていたの。それまで平和だった佐々良で起きた、大きな事件よ。それを私は、無かったことにしたの。ここは改変された後の世界よ」

ナニイッテンノコノヒト、ナニイッテンノコノヒト、ナニイッテンノコノヒト……。

何だか気持ちが悪くなってきた。冬の寒さが背筋にまですうっとしみ通ってくる。

怖い夢の話は誰にもしたことがない。おじいちゃんにさえ。なのになぜ、この人はこんなことを言うのだろう？

女の人は私を見て、慌てたように言った。

「大丈夫？　顔色が真っ青だわ……ごめんね、ごめんね、やっぱりこんな話、あなたに聞かせるべきじゃなかったわね……。ほんとにごめんなさい。もう家に帰って温まった方がいいわ。そしてね、勝手は承知で言わせてもらうけれど、もっとちゃんと説明したいの。肝心なことを、まだ伝えられていないの。明日また、ここで会えるかしら」必死の面もちで、女の人は言った。「最後のチャンスなの。お願い、明日の朝、そこのベンチで待っているわ。あなたと……ヨルのためなのよ」

女の人の最後の言葉は、ほとんど背中で聞いていた。

いきなり立ち上がって駆け出した私のせいで、大きくバランスを崩したヨルは、迷惑そうにバタバタ羽ばたいた。その羽音にさえ、心が乱れ、ざわめく。

あの人の話なんて、馬鹿げてる、荒唐無稽だよと思いつつ、色んなことがひどく腑に落ちていた。

世界が私を拒む理由。私が世界に違和感を覚える理由。

おじいちゃんだけが、私のことをわかってくれる。おじいちゃんにしか、私の気持ちはわからない。ずっと、そう思い込んできた……お父さんとお母さんが気を悪くするくらい、頑《かたく》なに。友達の一人も作らず、作れず、自分でも少しおかしいよと思えるくらい、依存しきっていた。

もしかしてそれは、おじいちゃんが私と同じように、本当はこの世から消え去っていたはずの存在だったから？

本来、この世に生きていてはならない者同士。本当の意味で、唯一無二の同士だったからだとしたら……。

私は一人、取り残された。おじいちゃんが遺した鷹と共に、おじいちゃんのコートで身を覆い……。何も欲しがらず、望まず、求めずに、息を殺すように暮らしている。なのに他人は私を見過ごしてはくれない。鳩《はと》が集団で一羽をなぶるようにして、決して致命傷には至らない小さな傷を日々加えてくる。もし彼らが猛禽なら、たとえ悪い方にではあっても、事態はきっと大きく動くのに。

生きている意味が、わからない。いっそ、おじいちゃんのところへ行ってしまえたら、どんなにか楽だろう……。

家に帰るとヨルを鳥舎に戻し、グローブを外した。指先が氷みたいに冷たくなっている。思わず両のポケットに突っ込むと、右手が何かに当たった。そっと引っ張り出してみる。それは黒くて細長い手帳だった。これもまた、おじいちゃんが愛用していたものだ。開き癖《くせ》がついていて、必ず同じページでぱっと開く。そんなになるまで、何度も何度も開いたのは私だ。

そこには、私の名前があった。白いページが手書きのよろよろした線で四つに分割してあり、その右下に間違いなく「美鳥」とある。

右上には「十文」、「小上」などとある。左上には「宙Ｖ11」、左下には「Ｙ」、右下には

「B」の文字。まったく意味がわからない。もともとおじいちゃんの備忘録みたいなもので、全体的に走り書きな感じ。それも極端に省略してあるから、第三者の目にはほとんど暗号みたいなものだ。なのに私の名前だけはきちんと丁寧な楷書《かいしょ》で書いてある。それを見ると、おじいちゃんから名前を呼んでもらってるみたいで、嬉しくなる。

……あの優しい声が、聞こえてくるようで。

もしあの女の人が言っていたことが本当なら。もし、人が過去に行くことができるなら。

おじいちゃんに会いに行きたいと、強く強く思った。

5

次の朝、ヨルをいつもの川原に連れて行った。あの女の人は、宣言どおりそこにいた。

「今日は色々持ってきたのよ。膝掛けにストールに。冬は外で話すのに向いていないわよね」

さあ座って座ってと示されたベンチには、毛糸で編んだ丸い敷物が載っていた。昨日のことがあるので、ヨルのリードは外さず短めにしている。女の人から遠い方のベンチの背凭《せもた》れに止まらせた。

言われるまま、そっと腰を下ろした私を、女の人は手早くストールと膝掛けでくるんだ。

「はい、カイロを懐に入れて。あったかいお茶も持ってきたのよ」と保温水筒から紙コップに熱いお茶を注ぎ、ぐいと渡される。白い湯気がさかんに立ち上っていた。

「あなたは寒くても寒いとは言わないし、お腹が空いても空いたとは言わないし。何も欲しくないって言うし。だから実力行使でいくことにしたわ。はい、食べなさい」

そう命じると共に、クッキーを口に押し込まれた。すべて相手のなすがままになっていた私は、慌ててクッキーを噛《か》み砕き、もらったお茶で流し込んだ。

「……どうしてあんな変な嘘をついたんですか？」低い声で聞く。このまま相手のペースに乗せられたくなかった。「未来人だとか子孫だとか、子供なら簡単に信じると思いましたか、そんな嘘話」

女の人は「あらどうして嘘なの？」と首を傾げ、お茶をすすった。

「だって、おかしいですよ。本当の過去で私が殺されていたなら、どうしておばさんは未来で生まれたの？　私が殺された時点で、子孫も何もあり得ないですよね？」

一気に言って、私はじとっと相手を見上げた。

昨日家に帰って、色々考えているうちに、その矛盾点に気づいたのだ。

この人は確かに嘘をついている。けれどもともと私のことを知っていて、その上で何か目的があって近づいてきたのも確かなことだ。

それが何なのか知りたくて、今朝もまた、のこのこここまでやって来たのだ。

女の人は本気で感心したように私を見た。

「すごいわ、美鳥ちゃん。まさにタイムパラドックスね」

ずいぶん人を喰った言い種《ぐさ》だと思ったけれど、私を馬鹿にしている風でもない。

「……ほんとは少し信じかけてました」正直に私は言った。「私がみんなから嫌われるのは、私が本来ここにいる人間じゃないからだって」

それはむしろ、私にとっては心地よい、だからすんなり信じやすいことだった。うまくいかなかったり、嫌われたりするのは私のせいじゃない。私には責任のない、どうにもならない不可思議な原因があるのだと。

でも現実はそうじゃない。そんな馬鹿げた、SFみたいなことは実際には起こるわけもない。私自身、物語の主人公になれるような柄でもない。

私の咎めるような視線を受けて、相手はやっぱり少しばかりバツの悪そうな顔をした。

「そうね、私があなたにすべてを伝えていないのは認める。色んな制約や事情があって、事実ではないことを織り交ぜたのも認めるわ。でもね」女の人がぐっと身を乗り出し、ヨルがひと声「キャッ」と鋭い警戒音を立てた。

「ヨル」

私は短く叱る。

「──まさしく〈ナイト〉ね」突然、女の人は話題を変えた。「ね、この子の元々の名前は、それだったんでしょう？　おそらくはおじい様がそうつけた。姫君を守る騎士たれと。だけどあなたは自分が姫君だとは思えなくて、だからknightのスペルからkを外して〈夜〉にした……違う？」

いきなり言い当てられて、思わずこくりとうなずく。

おじいちゃんの願いはありがたいけれど、私はお姫様なんかじゃない。ナイトと呼ぶのも、騎士と呼ぶのも、すごく恥ずかしくて抵抗があった。

だからおじいちゃんが死んだ後、ヨルと呼び始めた。すごくしっくりしたし、以来、ヨルは私の命令をかなり聞いてくれるようにもなった。

この人は色んなことを言い当てる……他の誰もが知りようもないことを。

女の人はそっと手を伸ばし、私はびくりとした。相手はそのまま、ごわごわした私のコートの袖口を優しく撫でた。

「あなたはまるで、甲冑《かっちゅう》を着たお姫様ね。今のままじゃ、他の人に、あなたの素敵なところはまるっきり見えないわ。そしてヨルはあなたを守る剣《けん》なの。たぶん、おじい様の強い思いに縛られて、ヨルは渡りをやめてあなたのところに留まってしまった。きっとあなたに恋をしたのね。だけど、ヨルは制御できない剣、抜き身の剣よ。その剣はいつか、他の人をひどく傷つけることになるの」

その言葉は、私をとても動揺させた。

「ヨルが……人を襲う？」

それは、あってはならないことだった。けれど、絶対にないとは言いきれないことでもある。昨日のひやりとした瞬間、恐れていたことが現実になりかけた恐怖は、忘れようにも忘れられない。

わかっていた。それは予測できた未来、決して現実にしてはならない未来だと。

今、学校で私が受けている、些細と言っていいくらいの小さな嫌がらせ。今はまだ、無視していればそれで済む。だけどもしそれが、徐々にエスカレートしていったとしたら？　昨日みたいにヨルを自由飛翔させているとき、運悪く苛めっ子に出くわして、小突かれたり、突き飛ばされでもしたら？

もちろん、ヨルは加害者に向けて、弾丸みたいに襲いかかることだろう。そうなってしまったら、制御するのはもう不可能だ。

「人に危害を加えた動物は、大抵は処分されてしまうわよね。絶滅危惧種であるヨルは、殺されはしないでしょう。けれど確実に、あなたからは引き離されるわ。そして残るのは、加害者としての責任……あなたと、ご両親のね。被害者の傷が重くて、取り返しのつかないものであればあるほど、その責任も重くなってしまうわ……きっと、誰にとっても抱えきれないくらいの重さに」

女の人が淡々と語る内容は、あまりにも怖すぎて、私はぶるぶる震えた。

そんな恐ろしい未来を回避する方法は……わかり切っている。ひとつしかない。

「ヨルを、自然に還しなさい」

静かに女の人は言った……まるで私の思考をすべて読み取っていたように。

自分でも、わかっていた。

本当は、とうにそうしていなければならなかったのだ。けれどどうしても、ヨルは私のところに帰ってきてしまう。そして私はそれが嬉しかった。法律で許された「一時的な保護」は、特例という形で、ずるずる引き延ばされてきた。それに甘えて、ヨルを自然に還す努力など、何ひとつしてこなかった。

ヨルのことが大好きで、とても大切だった。いなくなってしまうなんて、考えられないことだった。

だけどこのままじゃ、最悪の形でヨルは私の元を去ってしまう。実現する可能性がとても高い未来を今、私は目の前に突きつけられたのだ。それをしたのがなぜこの女の人なのか、その理由はさっぱりわからないけれど。

「……わかりました」ちょっと泣きそうだったけど、ぐっとこらえて私は言った。「おばさんが未来人でも子孫でも、ただの嘘つきでも関係ないです。そのどれだって、私がやらなきゃならないことは変わらないですから……」

女の人はほっとしたように微笑み、私の紙コップに自分のそれを軽くぶつけてきた。

「あなたはとても素敵な女の子よ。あなたの輝く未来に、乾杯」

6

帰り際、女の人からは「一人でやろうとしないで。まず、色んな人に相談して、頼ってみるといいわ」と助言をもらっていた。ハンカチにくるまれたクッキーも、結局もらってきてしまった。

一応お礼を言って別れたけれど、あの人の正体については、まだもやもやしたままだ。名前さえ知らないままだったことに、後になって気づく。

何はともあれ、まずはお父さんとお母さんに相談した。二人とも、びっくりするくらい協力的だった。お母さんは、私と一緒にヨルを連れて獣医さんに行ってくれた。やっぱりヨルに悪いところはなかった。毎朝の自由飛翔のおかげで、渡りに充分な筋肉もついていた。

ヒヨコを買いに行ったとき、また翼に会ったから、何となく相談してみた。養鶏所の息子だから、鳥には詳しいかもしれないと思ったのだ。

そうしたら次の日にはもう、図鑑や本をいっぱい抱えて訪ねてきた。

「ヤベー、年末の休館日ギリギリだった」

そう言って翼は笑った。自転車でいくつもの図書館を回って、借りてきてくれたのだそうだ。

お母さんは「ずいぶん久しぶりだけど、大きくなったわねえ」と、とても嬉しそうだった。

た。

——勇気を出してこっちから一歩近づいてみたら、みんな思ったよりずっと親切で優しかった。

「……ホラ見て見て、これ、面白い」

ふいに翼が言って、開いた本のページを指差した。

「チュウヒとノスリは途中で名前が入れ替わったって説があるんだってさ」

何のことかと覗《のぞ》き込むと、確かに面白い内容だった。

ノスリとは、チュウヒと同じく鷹の仲間だ。大きさも同じくらい、食性や分布もかぶっているので、遠目に見たくらいだと見分けるのは難しそうだ。そしてチュウヒの名前は「宙飛」が由来とされているという。漢字からして、大空高く舞い飛ぶイメージだ。けれど実際には、地面すれすれのような低空飛行を得意としている。私もヨルがそんなふうに飛び、獲物を捕らえた瞬間を数え切れないくらい見てきた。

一方でノスリは、「野擦」が由来とされているそうだ。こちらは野原で腹をこするように飛ぶイメージ。けれど実際には、ノスリは高い空を飛翔する鷹なのだという。

それでこの二種の鷹は混同され、誤認された上で、名前が入れ替わってしまったのではないか……という説があるのだそうだ。

「確かに。すごく面白い」

私が大きくうなずくと、翼が手柄顔に「そうだろ、そうだろ」と言った。あまりに得意気なので、思わず噴き出すと、翼はちょっとびっくりしたような顔をして、それからじんわりと笑った。それからふっと真顔になって言った。

「俺さ、おまえに一個謝ることあったんだ」

「え、何？」

「おまえがさ、学校で臭いとか言われちゃってんの、たぶん、俺のせいだから……」最後の方は消え入るような声になっている。「一年のときさ、おまえがヒヨコ取りに来たのを、クラスの奴に見られてさ、なんか変にはやされたりしたから、なんかムキになってさ、『誰があんな、服に鳥の糞なんかくっつけてる猛禽女』みたいに言っちゃったんだよ。まさかこんなに長く引っ張られるとは思わなくて。謝って済むことじゃないけど……でもずっと謝りたかったんだ。ごめん。おまえ別に臭くねーから。ほんと、ごめん」

真面目に謝られて、慌てて目の前で両手を振った。

「そんな、全然、翼のせいじゃないよ。嫌われてるのはもともとだし。でもあの、ありがとね」

「……何で礼とか言うんだよ、おまえってほんと、わけわかんねー」と言いながら、それでも翼は晴れ晴れとした顔で帰って行った。

夕方、鳥舎の掃除をしていたら、仕事帰りのお父さんが覗きに来た。それで早速、仕入れた

ばかりの「鷹の名前入れ替わり」説を披露してみた。お父さんはふんふんと聞き終えて、ふと
「あれ、そういや、オヤジからそんなこと、聞いたことあるなあ」と言った。

「え、だっておじいちゃん、細かい種類とかどうでもいい人じゃなかったの？　猛禽類ひとまとめにワシとか言ってたじゃない」

「言ってたけどさ、そんなわけないだろう。ひと口に鷹って言っても、種類によって飼育法は細かく変わってくるものだし、現に昔から色んな種類の鷹をすごく丁寧に面倒見てたぞ」

そうかあとつぶやいてから、はっと気づく。

おじいちゃんの黒い手帳に、確かに「宙」の一字がなかったか？

あれはもしかして「宙飛」のこと？

だけど、そう思って改めて眺めても、意味不明なことには変わりない。わざわざ手帳に書いたくらいだから、何か大事なことのようにも思うのだけれど。

翌朝、いつもの川原でヨルを散歩させながら、手帳をつくづく眺めていたら、ふいに声をかけられた。

「久しぶり。何、見てるの？」

新聞配達の男の子だった。もう配り終えて、家に帰る途中らしい。

「なんでもない」と言おうとして、ふと気が変わった。開いた手帳を見せて、言ってみる。

「これね、死んじゃったおじいちゃんが書いたんだけど、たぶんこの宙ってのがチュウヒ、あ

の鷹のこと。でね、美鳥っていうのが私の名前。それ以外、ちんぷんかんぷんなの」

どれどれ、と受け取って、男の子は真剣に手帳を眺めている。しばらくして、彼は言った。

「もしかして、だけど……」

「うん、なんでも言って」

「これ、地図記号じゃない？　ほら、社会科で習ったよね。『文』は学校だし、この『Y』みたいなのは消防署だっけ？」

「あっ……」小さく叫んで、もう一度、よくよく見てみる。「じゃあこれって……」

『地図？』

二人の声が重なる。

「じゃあこれ、V11じゃなくて、えと確か、畑と……田んぼってこと？　でもこの十って何かな？」

「それ、省略したんじゃないかな。丸に十なら保健所だし、ホームベースの中に十なら病院だ。病院ならこの先に、佐々良病院があるよね。その隣は小学校だ！　消防署との位置関係も合ってるし。何かこれ、楽しいね。暗号が解けたみたいじゃない？」

男の子は嬉しそうに声を弾《はず》ませた。確かに、絡まった糸がするするほどけるようで、わくわくした。

「でもこの小上って何かなあ。人の名前とか？」

私が首を傾げると、男の子も同じように傾げた。

「あれ、でもこれって上？　この短い方の横棒、単に手でこすれた痕《あと》にも見えない？　逆さTの字なら、この近くにもあるよ」

「え、そんな地図記号、あったっけ」

「墓地だよ。昔、そこで肝試ししたことがあるんだ。で、この小の字みたいのは、荒れ地の記号……つまり、このはるひ野のことじゃない？」

男の子は、片手を大きく振って川辺の原っぱを示した。冷たい風が吹き渡る枯れ野を見下ろし、私は一度に視界がぱあっと開けたような気がした。

「じゃあ、じゃあ、この真ん中の縦線は、佐々良川を表しているってわけね」

「そうなるよね。だけどこの横線はなんだろう？　こんな位置に道路はないし」

「――チュウヒよ」

思わず大きな声が出た。

自分がまるでヨルみたいに大空高く舞い上がり、ミニチュアの街を見下ろしているようなイメージが、鮮明に脳裏に流れ込んでくる。

やっとわかった。これはおじいちゃんが私に遺してくれたメッセージだったんだ。

「この横線、右端が小さくカギになっているでしょ？　これは矢印だったのよ。この地図は、おじいちゃんが目撃したチュウヒの飛行ルートを記録したものだったのよ……すごく正確な、時と場所を」

「場所はわかるけど、時って？」不思議そうに男の子は言ったけれど、すぐに納得したのか
「ああ」とうなずいた。私もこくりとうなずき返す。

「このBは、バースディの略だったの。私の誕生日の三月六日頃。越冬を終えて北へ渡るチュウヒが、このあたりにやってくるのよ」

小さな光が見えてきた。

もしかしたら、ヨルを仲間と共に北へ送ることができるかもしれない。雄同士だと喧嘩をしてしまうかもしれないけれど、もし、魅力的な雌が佐々良に飛来してくれれば……。

可能性は充分にある。その時期、その場所で、ヨルの自由飛翔を根気よく続ければ。

「どうもありがとう。ほんとにどうも、ありがとう」

男の子に向かって、私は心からお礼を言った。

「何だかよくわからないけど、良かったね」

そう言って男の子は歯を見せて笑った。真夏の空みたいな、開けっ放しの笑顔だった。

男の子が自転車に乗って去ったあと、私はホイッスルでヨルを呼び戻した。ご褒美の餌をやり、黄色い足首にリードをつけてやりながら、私はうきうきとヨルに話しかけた。

「来年の春、君はもしかしたら素敵な恋ができるかもしれないよ？」

そのときヨルはきっと、私が一度も聞いたことのない求愛のさえずりを奏でるだろう。そし

てヨルがお父さんになって、きれいなお嫁さんとの間に、ヨルによく似た子供がたくさん生まれて。

それは胸がわくわくするような想像だった。大嫌いだった春が、そしてヨルと永遠にさよならしなきゃならないかもしれない春が、少しだけ待ち遠しくなってしまうような。

「ヨルがいなくなっちゃったら、私はどうすればいいんだろうね」

話しかけてももちろん、ヨルから返事があるはずもない。だから自分で答えてやるのだ。

「四月からは受験生でしょ。勉強するに決まっている」

いっそ、佐々良高校でも目指してみようか。市内で一番偏差値の高い公立高校。

今のままじゃ、かなり厳しいけれど。でもまだたっぷり一年以上もある。楽に行けそうな北高には、他人を小馬鹿にしたり嗤ったりするのが大好きな、あの人やあの人がごっそり行くだろう。そんな人たちを成績で空高く振り切って、佐々良高校に見事合格してやるのだ。

きっとそれは、ずいぶん痛快なことに違いなかった。

「――ねえ、ヨル」私はなおも、大好きで大切な友達に話しかけた。「今まで、一緒にいてくれてありがとうね。守ってくれて、ありがとう……縛りつけてしまって、ごめんね」

ヨルは何も、答えない。ただ私の腕に、温かい生き物の、生命の重みだけが、ずしりと伝わってくる。

私はヨルに、精一杯の笑顔を向けた。

「ね、ヨル。私は素敵な女の子なんだって。だからね、ヨル。私たちにはきっと、輝く未来が待っているのよ」

力強く言い切って、私はヨルを腕に載せたまま駆け出した。

いつか、真っ白いレースのハンカチが似合う女の子にだって、なれるかもしれない。

年が明ければ、春までなんて全然遠くない。

トンネルを抜けてそこに待っているのは、まばゆいまでの光なのだ。

ふたたび はるひの、はる

前

1

満開の、桜だった。

佐々良《さ さ ら》はあまり雪が多く降る場所ではない。おおむね、からりと冷たい冬だ。昼間の空は晴れて明るく、山並みはくっきりとしている。

春が来ると、枯れ草色の風景は一変する。柔らかな薄緑の若葉が、水を含んだ地をそろりと覆い、樹木は死から甦《よみがえ》ったように、枝の色を日々変えていく。

とりわけ桜の変化は、あまりにも目に鮮やかだ。最初は枝と同じ色をしたわずかな突起に過ぎなかったものが、春の日差しを受けてみるみるふくらんでいき、やがてほろりとほころびる。少し焦《じ》らした後に、いきなりわっとばかり全開になる。毎年のことなのに、ああ、ここにも桜があったか、あっちにもあったかと、何か新しい発見をしたような気分になる。

舞い散る花びらが、まるであわ雪のようだった。あとから、あとから、休むことなく降り続ける雪のようだった。

僕は佐々良駅のホームで、電車を待っていた。屋根のない場所で、ホームに添うように桜並木があった。向かい側のホームに電車が入り、その風圧で花びらが複雑な動きを見せて舞い上がる。

そして電車が去った時、対岸のホームには一人の女の子がいた。

電車から降りた人は普通、一目散に改札に向かう。田舎の駅、春休み、中途半端な真っ昼間。この条件下では、降りた人はそう多くなかった。彼らはたちまち駅の外へと消えていく。その女の子ただ一人を残して。

歳《とし》は僕と変わらないくらいに見える（ちなみに僕はこの春中学を卒業したばかりだ）。染めているのか地毛なのか、赤みがかってゆるいウェーブのかかった髪の毛が、まず人目を引く。と言うよりも、僕がその髪の毛に思わず釘付けになった。僕の視線を髪にまとわせながら、女の子はふらふらと歩き、ふいにぱたりとベンチに腰を下ろした。そのまま、つるんとした膝丈《ひざたけ》ワンピースの裾あたりをじっと見つめている。女の子の顔は、赤っぽい前髪に隠れてまったく見えない。

もしかして、具合が悪いのかもしれない……。

そう心配になってきた頃、僕の凝視に気づいたのか、女の子がいきなりくっと顔を上げた。胸をとんと強く突かれた気がした。

女の子の大きな両眼から、次々と涙が溢《あふ》れ出しては、白い頬を滑ってはらはらとこぼれ落ちていた。

まさに〈絶望〉そのものの、泣き顔だった。

磁石で引き合うように目が合ってしまい、逸《そ》らすこともできなかった。その間も、彼女の両眼からは涙がこぼれ落ち、そして周囲には桜の花びらが降り続けていた。

僕が地蔵のように固まって、どれくらい経った頃か。目的の電車がホームに滑り込んできて、ほとんど反射的に乗り込んだ。そのまま奥のドア口に立つ。それで彼女との距離がずいぶん縮まった。

そしてまた、どきりとする。

間違いなく、相手は僕を睨《にら》みつけている。親の仇《かたき》でも見るような目で。

え、なんで？　とも思ったし、まずいとも思ったけれど、視線を外すことができなかった。

電車が動き出して、ほっとしたのが半分、なぜだか残念な気持ちが半分。

彼女は憎々しげな最後の一瞥《いちべつ》をくれると、「フン」というようにそっぽを向き、立ち上がった。遠ざかるホームの上で、ひらひらと舞い散る花びらの向こうで、その後ろ姿はどんどん小さくなっていく。

僕は大きく息をつき、そして自分がいつからか息を止めていたことに気づいて驚いた。

——満開の桜の中の、それが初めての出会いだった。

2

「――よー、オマエって、地元民？」

いきなり、隣の席の奴が声をかけてきた。

「そうだけど？」

そちらへ向き直る途中で、机の上に貼られた小さい紙を確認する。中村というのが、彼の名だった。

「いーねー、俺、二時間近くかかるわ。学校来るだけでもうクタクタ。でさあ、佐々良って言ったらさ、有名な事件、あったじゃん？　幼女が頭おかしい犯人に殺されたやつ。あんときやっぱ、大騒ぎになった？」

悪気はないが、興味津々といった風だ。

「さー、そんとき俺、保育園児だし」

あまり素っ気なくならないように気をつけながら、僕は言う。

それまで平和そのものの単なる田舎だった佐々良は、彼の言う事件のせいで、悪い意味で有名になってしまった。犯人が、割合名の知れた漫画家だったことも大きいだろう。いっとき、街は騒然となったものだ。空を報道ヘリが飛び交い、警察官とマスコミの人間がそこらじゅうをウロウロしていた。

常はおっとりとした性格の母が、あのときばかりは真っ青になっていたことをよく覚えている。

「あの日同じくらいの時間に、私たちもあの場所にいたのよ。もしかしたら、あの女の子を助けてあげられたかもしれないのに」

犯人は「子供なら誰でもよかった」と供述していたらしいから、もしかしたら殺されていたのはユウスケだったかも……と人から言われ、母は更に青くなっていた。

事件は少しずつ、人の口の端に上らなくなっていったけれども、決して風化することはないのだと、たとえば今日みたいな日には思い知る。

地元の人間にとってはあまり嬉《うれ》しくない話題だし、僕はそれを隠したつもりもなかったけれど、中村はいっこうに気にしていない風だった。

「俺もだよ、つか俺、幼稚園児だったけど」彼はむしろうきうきした口調で言った。「なー、今度さー、その現場の川に案内してくんない？　俺まだ、殺人現場って見たことねーからさー。殺された幼女の幽霊とか、出たりして」

「出ないよ」

少し素っ気なくなったかな、と思ったけど、本当のことだ。幼い女の子の幽霊なんて、本当に出ない。

それに対して相手がどう返す気だったのかは、わからない。

次の瞬間、中村は僕への興味を完全に失ったように見えた。正確に言えば、僕の遠く背後に、何か驚くようなものを見た、って感じ。信じられないような何か、たとえば幽霊とか。

なんだろうと振り返り、「あっ」と声を上げる。

あの子だった。

春休み、満開の桜の下で泣いていたあの子。きつい眼で、僕を睨みつけていたあの女の子
……。

佐々良駅のホームで、ほんのわずかな時間の出会いだったけれども、その印象は鮮烈だった。あれっぽっちの邂逅《かいこう》で、普通なら顔なんて覚えたりしない。それが、まるで高画質のデジタル映像みたいに、あの子の姿を脳裏に思い浮かべることができていた。

佐々良は田舎町だけれど、きれいな子や可愛い子はちゃんといる。でも、彼女の場合は次元が違っていた。伝統ある公立高校の、使い古した教室の中で、まるでそこだけ光が当たっているみたいだった。一言で言うと、圧倒的なのだ。圧倒的に目を惹《ひ》く。圧倒的な美貌、そして存在感。

同じような印象を、クラスの他の連中も受けたのだろう。中村はもちろん、そのとき教室にいた誰もが、ふっと彼女の上で視線を止めた。

ごくり、と中村の喉が鳴った。

彼女はそんな視線には慣れっこなのか、まったく頓着せずに自分の席を探している。そして僕の隣、中村とは反対側の席に、カタンと腰を下ろした。ちらりとこちらに視線を走らせる。

「この間、駅で会ったね」

一瞬目が合ったので、思わず言った。相手はまったく表情を変えず、投げ捨てるように言った。

「五人目」

「え？」

「ここに来てから、そういうこと言ってきた人、あなたで五人目。はやってるの？」

疑問符をつけて聞かれたから、僕は真剣に首を傾《かし》げた。

「さあ……別に、はやっていないと思うよ」

するとと相手はなぜか気を悪くしたように、ぷいと横を向いた。


「何あれ、感じ悪ーっ」

入学式のため、クラス毎に二列になって体育館に向かう途中、隣の女子が話しかけてきた。同じ中学の出身だけど、委員会で何度か顔を合わせたくらいで、同じクラスになったことはない。

「ちょっとさー、美人だと思ってさー、すっごい感じ悪かったよねー」と続けられてようやく、ああ、さっきのことかと気づいた。

「そう？」

「ユースケくんたら人がいいから……あ、中学んとき、みんなにそう呼ばれてたから、つい言っちゃった、いいよね」にこっと笑ってから、今度はぷっと頬をふくらませる。「あのね、ユースケくん。あれはね、『美人な私は次々知らない男の子から言いよられちゃって、もうたーいへん』って、つまりそう言いたいわけよ、あの子は。モテ自慢、よーするに。ユースケくん、ナイス天然返しだったわ。あたし、笑っちゃった」

そう言って彼女は、本当に軽やかな笑い声を立てた。

そうだろうか、と思う。

あの子はとても目立つから、僕の場合のように、こちらが強く意識にとどめても、あちらはまったく気にもしていなかった……ということは、きっとしょっちゅうだろう。そして実際、うんざりしていたのだろう。まるで行動のすべてを見張られているみたいに、「この間、あの場所で会ったよね」なんて声をかけられることに。

それにいちいち、愛想良く応える義務は、あの子にはない。それをやったらきっと、あの子はハーメルンの笛吹きみたいに、勘違い男の群れを背後に引き連れて歩かねばならなくなってしまう。

あまりにも背高のっぽに生まれついた人は、出入り口だの乗り物だので、いちいち窮屈に身を折り曲げねばならない。たぶん、それと同じような意味で、あの子は規格外なのだと思う。横並びで人と同じようにしろと言われても、実際無理なものは無理なのだ。

校長やPTA会長挨拶《あいさつ》の間、そんなことを考えてぼんやりしていたが、プログラムが新入生代表挨拶に移ったときにあっと驚いた。

名前を呼ばれて登壇したのは、あの子だった。赤い髪をゆらしながらステップを登り、壇上に向き直ったとき、ざわめきが起きた。特に僕のクラスのあたりでそれは顕著だった。

(ひょえー、あの子が代表ってことは、あの子が首席合格?)

(え、マジかよ……偏差値どんだけ……)

(天が二物を与えちゃったってやつ?)

ぼそぼそとそんな会話が交わされ、進行役の先生が「静粛に」と注意をした。体育館の中は、しんと静まりかえる。

彼女の挨拶自体は、いたって無難な、ありきたりのものだった。もちろんそれで問題ない。こうした場では、突飛なオリジナリティなんて誰も要求していない。

大問題は、別にあった。

一人の男子生徒が、通路のど真ん中をすうっと横切り、挨拶中の新入生代表を舞台の真下からつくづくと見上げたのだ。それからとんとひと跳びし、舞台に上がってしまった。まるでここが地上じゃなくて、月の上ででもあるかのような、すごく不自然であり得ないジャンプだった。

この異常事態に、誰一人、騒がない。挨拶はよどみなく続いている。けれど、舞台上の闖入《ちんにゅう》者は、彼女の横に回ったり、真正面から顔を覗《のぞ》き込んだり、不躾《ぶしつけ》極まりない態度でウロウロしている。

驚きや腹立ちが入り交じる中、ようやく気づいた。

あれが見えているのは僕だけなのだ、ということに。

彼は佐々良高校の制服を着た、男子生徒だ。体育館に行儀良く並んでいる、僕や僕の周りの生徒たちと、何ひとつ変わったところはないように見える……僕には。

しかし彼はもう、既に死んでこの世にはいないのだ。いつだかはわからないけれど、あの姿のままで亡くなった。それはとても痛ましいことだ。

けれど僕は、彼を気の毒に思う以上に、何かとても厭《いと》わしい、不吉なものを感じていた。

明らかに、あの男子生徒の幽霊は、壇上の女の子だけに、強い興味を抱いていたから。

3

浅見《あさみ》華《はな》、というのが新入生代表の名前だった。

「ハナだってーっ、イメージと違う」

「ババ臭い名前」

そんなひそひそ話を、聞くともなしに聞いた。当人の耳にだって届いただろうが、浅見さんは超然と受け流している様子だった。

　入学してすぐ、思いがけないところから彼女についての噂を聞いた。家に遊びに来ていたお隣のお婆ちゃんが、眼をキラキラさせて言ったのだ。

「ユウ坊、高校は楽しい？　聞いた話じゃ、浅見家のお嬢様がご入学だっていうじゃない」

「そりゃほんとかい」ともう一人のお婆ちゃんが言った。ちなみに二人とも、母の古くからの友人である。「ここら一体じゃ、有名な地主さんさね、あそこは。議員さんだの、お役所だの、銀行だの、要所要所に浅見一族がいるって……おや、でも、あそこの本家の跡取りは、未だに嫁が来ないそうじゃないの？」

「それがね、駆け落ちした次男がいたのよ。お相手が外国人だったもんだから、そりゃもう親御さんが大反対して。そもそも長男坊だってね、可哀相に連れてきた女性を片っ端から、やれ学歴がどうの、身分がどうのって追い返されて、それならもう結婚なんてしないって臍《へそ》を曲げちゃったってもっぱらの噂よねえ」

「ああそれで、次男一家を呼び戻したってわけだね。まあ勝手な話だけど、次男もよく帰ってきたもんだねえ。やっぱりお金かねえ」

「お金でしょうねえ」

　そこで母がおっとりと、

「佐々良高校と言えば、テルちゃんはどうされてますか？」と話題を変えた。お隣のお婆ちゃ

んは途端に相好を崩し、

「それがね、連休に赤んぼ連れて来てくれるんですってよ。お墓参りもしたいしって。ちょうど旦那さんが海外出張するとかでね、あの子もまあ、お仕事で忙しいだろうに、ほんとにねえ……」

とまあ、そんな感じで話は逸れた。

全然関係ないお婆ちゃんたちまで噂しているくらいだから、浅見家とそのご令嬢についての話は、学校でもきっと知っている人は多いのだろう。浅見さんの耳にまで届いているかどうかはわからないけれど、名前についての嘲笑《ちょうしょう》めいた陰口と同様、彼女ならあのポーカーフェイスで受け流しそうだった。

むしろ問題なのは、あの幽霊男子だ。彼女にはあれが見えていない。だから当然気にもしていない。だからこそ僕には、彼の存在が目障りで仕方がなかった。

彼は浅見さんのことがよほど気に入ったらしく、背後霊よろしく常にくっついて回るようになっていた。

僕が今まで見てきた幽霊たちは、皆、それほど害のあるタイプではなかった。この世に何か未練があって、ふわふわ漂っている無力な存在でしかなかった。だから例外はあるけれどもたいていの場合、僕と意思の疎通ができることがわかると、とても喜ぶ。目が合った時点で、すぐさま話しかけてきたりする。

けれど幽霊男子は、僕にはまったく興味がないらしかった。僕が彼を見ていることには明らかに気づいている。実際、何度も目が合った。合ったのに、何だか気まずげにすうっと逸らされる、いつも。

どう見ても、あいつは疚《やま》しいことを考えている。

彼は学校という空間の中で、透明人間と変わらない存在だ。そして、よく男子同士での馬鹿話で「もし透明人間になれたらどうする？」という話題になることがあるけれど、結論は判で押したように同じところに行き着く。

女の子の着替えが、覗き放題じゃん！

というわけだ。まあそうなるよな、絶対。

そして奴は、きれいな女の子に執着している。かなりまずい。明日には健康診断がある。さらに午後からは入学最初の体育の授業があるのだ。

事態は逼迫《ひっぱく》している。

話せばわかるかもしれないし、もう単刀直入に行くことにした。

「……話があるんだけど、いいかな」

ごくごく気をつけて、彼にだけ聞こえる声で言ったつもりだったけれど、焦《あせ》りのせいか、どうやら失敗したらしい。いや、目指す相手はちゃんと振り向いたのだが、その少し先にいた浅見さんまで振り向き、少し尖《とが》った声で「何よ」と言った。その声に、周囲にいた生徒たちがいっせいにこちらに注目した。

咄嗟《とっさ》に、しまったなあ、どうしようかと思ったけれど、もうどうしようもない。

「あ、ここじゃなんだから……」などとつぶやきながら、先に立って歩いた。

困った。こういう場合、どこで話せばいいんだろう。まだ入学したてで、校内の様子には不案内だ。

と思っていたら、幽霊男子が先に立って歩き出した。ある意味先輩だものな、こういうときにはちょっとだけ頼りになるなと、妙なことを思う。

階段をどんどん上がって、たどり着いたのは行き止まりの踊り場だった。

「屋上への出口……鍵かかってっけど」ぼそりと幽霊は言った。「前は出られたんだけど、俺のせいで閉められた」

「なんで？」

思わず尋《たず》ねると、相手はにやっと笑った。

「俺がフェンスを無理やり越えて飛び降りたから」

「ああ、それは……」ご愁傷様、とでも言えばいいのだろうか。それともお気の毒様？　どっちも違う気がして、結局「……辛かったね」とつぶやく。

「……誰と話しているの？」

怒ったような、そして少し不安そうな声が背中を叩《たた》いた。うっかり忘れていたけれど、もちろん浅見さんだった。迷ったけれども、そのままぶっちゃけることにした。

「ああごめん、幽霊と話してる……実は浅見さんに話したいのもそのことでさ、君にはこの学校で死んだ男子生徒の幽霊が取り憑《つ》いているんだよ……この屋上から飛び降りたって話を、今、聞いたとこ」

話している途中から、あ、失敗したなあとわかっていた。相手は口をぽかんと開けたかと思うと、すぐにきゅっと引き結び、憤怒の表情で言った。

「悪いけど私、自称霊感がある人って信用しないことにしているの。話っていうのがそれだけなら、もう戻るから」

そしてくるりと踵《きびす》を返し、まるで危ない人間から一刻も早く離れたがっているみたいに猛スピードで階段を駆け下りていった。

そりゃそうだよな……そりゃそうだ。

「やーい、振られた」

肩を落とす僕を見て、すごく嬉しそうに幽霊は言った。思わず長いため息が口を衝いて出る。

「別に振られたわけじゃないけど、どん引きはされたよなあ……」

こうなるのはわかり切っていたから、今までは一応気をつけていたのだが。心の準備なしに浅見さんを前にして、すっかり動転してしまったのだ。

「変な奴って思われたろうなあ」としょげていたら、幽霊はニヤニヤ笑いながら「いい気味だ」と言いやがった。こいつ、かなり性格が悪い。

「何だよ、そもそもおまえのせいじゃないか……」文句を言いつつも、いかにもひょろひょろしたうらなりっぽい幽霊のニタニタ顔に、何だかつられておかしくなった。

「あ、俺、イッサ。永遠の高校二年生」ひょうひょうと自己紹介までしてくれる。「あ、イッサって、あだ名ね。苗字は小林だからさ」

「小林一茶かよ」思わず噴き出す。「あのさ、なんで浅見さんに付きまとうわけ？」

「だってすごくキレイじゃん。俺もうこのガッコ、長いけどさ、あんな美人な子、初めてだよ。目の保養だね。眼福眼福」

「だからってストーキングするなよ。まさか覗きとか、してないだろうな」

するとと相手はニタアといやらしく笑った。

「あの子はまだチャンスが来てないけど、覗きならもう散々やったよ。当然だろ。だって誰にも絶対気づかれないいんだぜ？　するだろ、普通」

イッサは自信満々の身体で胸を張る。

「呆《あき》れて返す言葉もないな」と言ったら、

「馬鹿だな、そういうときには『二の句が継げない』って言うんだ。よくそれでここに合格したな」と、ものすごく偉そうに言われた。

「呆れて『二の句が継げない』」

わざわざ言い直してやったら、イッサはやや不満げに口を尖らせた。

「でもさ、幽霊になって良いことなんて、それくらいしかないじゃん。おまえだって同じ立場になったらするって、絶対」

「えー、そうかなあ……」

そうかもしれない、とは思う。

「体育の着替えだけじゃないぞ、水泳の着替えだってあるんだぞ」

「ええっ、水泳までも？　それはちょっと……」

アウトだろう、と顔をしかめると、イッサは力なく肩を落とした。

「だってさ、ずっと勉強勉強でやっといい学校に入ってさ、挙げ句に彼女もできないまま若い身空で死んじゃってさ、もうそれくらいしか楽しみないじゃん」

「そんな哀《かな》しいこと、言うなよ……」

腹を立てればいいのか、同情すればいいのか、よくわからない。

「……まあね、おまえがそんなにあの子の裸が見られたくないってんならさあ」

「浅見さんに限らず、覗きは全部駄目だろ」

「おまえは正義の味方かよ」イッサは口を尖らせ、「まあでも」と思わせぶりにつぶやいて、にやりと笑った。「正直、女の子の着替えはもうゲップが出るほど見たしね、おまえがどーしてもって言うんなら、止めてやってもいいかもなー」

「どうしてもヤメロ」

強く言ってやると、相手はひょいと肩をすぼめた。

「――いいよ、ただし条件がある。俺の頼みを聞いてくれたら、そっちの頼みを聞いてやるよ」

4

イッサの頼みというのは、「化学部に入って欲しい」というものだった。

意外すぎる願いに戸惑っていると、イッサは少しバツが悪そうに言った。

「今さ、誰もいなくて廃部状態なんだよ。だからさ、おまえが一から作ってよ」

「うーん、でもなあ、僕、バイトあんだけど」

「うちの学校、バイト禁止だろ？」

「ちゃんと許可を取ってるよ。うち、母子家庭だからさ。母さんは心配するなって言ってくれるけど、やっぱ大学行きたいし、少しでも学費の足しになればと思ってさ」

「……けっこう、苦学生なんだね」

「まあね」とうなずきながら、しかしやっぱり彼の願いを無下に断っちゃいけない気がした。

幽霊がこうしてわざわざ頼んでくるからには、きっと何か、意味があるのだろう。「けどまあ、他に誰もいないんなら、時間の融通は利くか。いいよ、担任の先生に相談してみるよ」

あっさり承諾したら、逆に相手がぽかんとした。

「え、いいの？　ほんと？」

「それで約束を守ってくれるんだろ？」

念を押してみたが、「そうだね、頑張るよ」と、何だか心許ない。おいおいと言いかけたとき、予鈴が鳴った。慌てて教室に戻る。

席に着くと、浅見さんがちらりとこちらを見たのがわかった。どう考えても好意的な視線ではない。あれはばっちいものを拭いた雑巾でも見る眼だ。心で泣きつつ、無害をアピールしたくてにっこり笑ってみたら、つんとそっぽを向かれた。

つくづく、失敗したなあと思う。時計の針を戻せるものなら、戻したいくらいだ。もうちょっとでもマシなやり方があっただろうに。


四月も半ばになると、彼女以外のクラスメイトとは、ぼちぼちと打ち解けていった。隣の中村なんかは、「昨夜ネットで見つけた心霊画像がいかにヤバかったか」について、よく嬉しそうに報告してくれる。彼にぜひ、イッサを紹介したいものだと思う。

一方で、浅見さんは孤高を保っている様子だった。やっぱりあれだけ美人だと皆も近寄りがたいらしく、なんとなく遠巻きにしている感じだ。

――と、思っていたのだが……。

「違うだろ、ユウスケは天然かーっ」

呆れ果てたと言わんばかりの口調で、イッサには言われた。

化学部の部室での話である。部室と言っても、化学準備室を使わせてもらっている。

創部に当たっては、すべてイッサの指示どおりにやったら何の問題も無かった。教頭先生に直接話を持って行けと言うのだ。なんでも元は化学教師で、化学部の顧問をしていたこともあると言う。必要書類を揃《そろ》えて直談判したら、当然ながらすごく怪訝《けげん》な顔をされた。

「……実は、名前は言えないんですけど古い部員に頼まれて……」

そう言えと言われていたとおりに伝えたら、穴のあくほどじろじろ見られた後で申請書に判を押してくれた。

「まだ一人じゃ、同好会扱いで、部室棟には入れられないよ？」

念を押すように言われたが、これまたイッサの言葉どおり、

「昔と同じように、化学準備室を貸してもらえれば……」

と、恐る恐る言ったら、何とそれが通ってしまった。本来、準備室には化学の先生しか入室できないのに、破格の扱いである。さすがに薬品戸棚の鍵は渡せないが、実験器具の類は厳重な扱いを条件に使っても良いとまで言われた。

「顧問もつけられないけど、何かあった時には直接私のところに来なさい」

最後に、太鼓判とも言えるそんな言葉をもらい、化学部（正式には同好会）はあっさり設立された。

今、僕とイッサがいるのはその化学準備室である。校内で人目を気にせずイッサと会話ができる場所ができたのはありがたかった。誰かに聞かれでもしたら、即座に危ない奴認定されてしまうだろう。

ともあれイッサは、正式な部ではなく同好会で、部員も僕一人という状態でも、けっこう満足してくれたらしかった。浅見さんへの付きまといも、僕が見ている範囲では止めてくれたらしい。それはいいのだが……。

「……天然って、何がさ」

浅見さんの話題である。

「ユウスケはあの子が誰かと挨拶してるとこ、見たことあるか？」

「え、僕はしているけど。なんかさ、そのたびにちょっと驚いたような顔をするよね。それで、いかにも渋々って感じで挨拶し返してくるのが、律儀って言うか、可愛いって言うか……」

「おまえ、天然なだけじゃなくて、ほんとは馬鹿だろ」

イッサはずけずけと失礼なことを言う。だんだんわかってきたけれど、彼は相当に失礼で、かつ偉そうだ。だけど言うだけあってかなり頭が切れる。そして幽霊だけあって、校内の色んなことを人知れず見聞きしている。

「あの子さー、明らかにクラスではぶられてるだろ。浮いてるし、溶け込めないし……軽く無視され始めてる。特に女どもがあの子に対してスゲー高い壁を作ってる感じ。まあ、あの子の方の壁も城塞並みだからな、お互い様な感じだけど。でも最近、表に出にくい嫌がらせが始まったみたいだ」

「え、苛《いじ》め？」

「いや、まだそこまでは行ってないけど。でも今までそういうの、嫌ってほど見てきたからさ。ヤバイ兆候なのは確かだよ。女って怖いよなあ」

それは由々しき事態だぞと思った。

「あのさ、その嫌がらせしているのって、誰なの？」

「は？」

「クラスの女子全員がってわけじゃないでしょう？　やってるのはごく一部だよね」

「それ聞いて、どうすんの？」

「もちろん、そういうことは良くないから止めるように……」

「逆効果ーっ」もの凄い勢いで遮られた。「おまえ、それ、とんでもない勘違いだから。誰でも話せばわかるってやつ。性善説の信者ですか、おまえさんはよ。そんなこと言ってみろ、絶対しらばっくれるか、怒るか泣くか、それで嫌がらせは更に陰湿になるだけ」

「うーん」と僕は考え込んだ。「それじゃ、浅見さんのフォローに回った方がいいのかな？」

「フォローって、みんなの前で慰めたりしたらまた逆効果だよ？　第一、あの子になんて言うのさ？」

「普通に、辛いことがあるなら力になるよって」

そう言った途端、イッサは目を丸くした。

「……おまえ、ほんとにそれ、言えるの？　別に仲がいいわけでもない女子相手に？」

「どうしてさ？　クラスの中にも味方がいるって知らせとくのは、別に悪いことじゃないだろ？」

「いやそりゃ、そうだけどさ……ユウスケって実はすごいな……俺にはそんなこと、できなかったよ」

よくわからないけれど、一応褒めてくれているらしい。照れるので話題を変えることにした。

「それはそうとさ、化学部の活動ってどういうの？　イッサは何をやってたのさ」

手持ち無沙汰と言うか、男二人でだべってるだけじゃ、時間の無駄とまでは言わないけれど、何だか落ち着かなかった。

「真面目かよ」イッサはダルそうに言った。「あー、まー、じゃ、ちょっとだけ教えてやる。そこの実験器具の棚の奥見てみ。何か入ったフラスコあるだろ？　２００ミリリットルサイズの三角フラスコ」

言われて探すと、確かにそれらしきものがあった。三角フラスコの中に、積み木みたいなものが入っている。何か動物をかたどった木片だった。

「何、これ？」

「見りゃあわかるだろ、羊だ」

「え？」

「ボトル・シープ」

大真面目に、そしてどこか得意気にイッサは言う。

「何、それ。洒落《しゃれ》？」

「言葉遊びはどうでもいいんだよ。おまえそれ見て、不思議に思わないのかよ」

「ああ」とうなずく。「どうやって入れたの、これ」

羊はカマボコ板くらいの厚みの、かなりしっかりとした木で作られている。縦は四センチほど、横は六センチくらい……小ぶりなフラスコの中で相当に存在を主張している。つまりどう考えても、フラスコの口径よりも中身の方がだいぶ大きいのだ。当然逆さに振っても羊は出て来ない。

「これはほんとに不思議だなあ」

思わずつぶやくと、イッサはすごく偉そうに言った。

「だからそれが化学だよ。言っとくけどボトル・シップみたいに、バラバラで入れて中で継ぎ合わせなんてしてないぜ。切ったり貼ったりはナシだ」

「うーん、そうかあ……」

既に継ぎ目を探しかけていた僕は、先手を取られて頭を抱えた。それを見て、イッサは愉快そうに笑った。

「じゃあそれは宿題にしとくよ。家でじっくり考えな」

もう帰っていい、ということらしい。

「イッサは？　おまえはどっか、行くとこがあるの？」

と尋ねたら、イッサは少し哀しげな顔をした。

「言ってなかったっけ？　俺、この学校からは出られないんだよ。いわゆる、地縛霊ってやつ？」

「ふうん」とうなずいてから、ふと気づく。「出られるかもしれないよ？　だいぶ前に、事故で死んじゃってそのまま地縛霊になっちゃった人から、頼まれたことがあるんだ。一緒にバス停まで連れて行ってくれないかって」

イッサは驚いたらしかった。

「マジ、それ、できたの？」

「できたよ。すごく喜ばれた」

「へえ……おまえってやっぱ、けっこうすごい奴だったのな、見かけによらず」

「いや、それほどでも……」

褒められ……たんだよな？

ともかく、物は試し、善は急げとばかりそのまま二人で下校することにした。

校門のところでイッサが緊張した面もちになり、立ちすくむように止まってしまったから、どんと背中を押してやった。もちろん幽霊だから触れはしないのだけれど、蜘蛛《くも》の巣に触れるようなかすかな手応えがあって、イッサはつんのめるように前に進んだ。

一歩飛び出し、二歩目を踏み出したところで顔を見合わせた。

「うおお、すっげ」

驚きと喜びのない交ぜになったようなイッサの顔を見て、良かったなあと声をかけようとしたとき、ふと相手の視線がゆっくり移動しているのに気づいた。

振り返ると、ちょうど浅見さんが下校するところだった。

（オイ、ちょっと待て）

声にならない声で、口の動きだけで制止してみたものの、もちろんそんなことで止まるはずもなく……。

ここで大声で呼び止めたり、ついて行ったりしたら浅見さんの中では僕こそがおかしなやつであり、ストーカーそのものになってしまう。為《な》す術《すべ》もなく立ちすくむ僕をよそに、イッサはまるで飼い主と散歩に行く子犬のようにいそいそと、浅見さんにくっついて行ってしまったのであった。

5

それからしばらくの間、イッサは姿を見せなくなった。まさか浅見さんの家に居着いたんじゃあるまいなとやきもきしたが、彼女に確認するわけにもいかない（聞いても無意味だし）。

一週間ほど経ち、放課後に化学準備室を覗いたら、イッサがしれっとした顔で「よお」と片手を上げた。思わずその手のひら目がけてストレートパンチを繰り出してやる（もちろん当たりはしない）。

「よお、じゃないよ、この裏切り者。平気で約束破りやがって」

「破ってないよ」心底不本意そうにイッサは言った。「断じて覗きはやってない」

「付きまとい行為も？」

「それは約束のうちに入っていないだろ」涼しい顔で言うから、またパンチを繰り出してやりたくなった。

「まあ、待てよ」イッサは深刻な面もちで言った。「ひとつ相談があるんだけどさ、二人でハナちゃんを助けてやらないか？」

「ハナちゃん？」

「浅見華だよ」

当然のように言われ、ああとうなずく。ちょっと見ない間に、ずいぶん馴れ馴れしくなっている。

「幽霊としての特質を生かした、このところの調査で、ハナちゃんに関するデータがかなり集まったんだが……」

ものは言い様だなと呆れつつ、聞いてみた。

「例の、クラスの女子から嫌がらせをされている件か？」

「ああ、あれな。地味な嫌がらせはしょっちゅうされてるな。黒板消しをわざと机の上ではたかれてチョークの粉まみれにされたり、消しゴムにシャーペンの芯を刺されたり」

「ほんとに地味だな」

「でも、チョークの粉は制服が汚れるし、消しゴムだって気づかないでそのまま使ったら、地味にダメージ受けるぜ……って、本題はそこじゃないんだよ。ハナちゃん、可哀相なんだよ。あの子のお母さんな、病気で入院してるんだけど、あの子のお父さんはもう亡くなってて母子二人きりの家族でさ……」

「僕と同じだ！」

思わず大きな声が出る。

「ああ、そうだな。でな、どうやらお母さんの病気、かなり重い感じなんだ。なのに、お見舞いに行けない。母親に会うのを禁止されているんだ」

「何でだよ、そんなひどいこと。誰が禁止してるんだよ」

「ユウスケ、声、でかい。俺は構わないけど、今のおまえ、一人で叫んでる変な奴だぞ」と気遣わしげに言ってくれるが、そんなことはどうでもよかった。

「でさ、彼女の母親がな、自分が死んでしまった場合、一人になるハナちゃんを心配して、亡くなった旦那の親に彼女を託すことにしたんだよ……聞いたことあるだろ、佐々良の名士一族の家だよ。そこのジジババが、母親と二度と会わないことを条件に孫娘を引き取ったんだ。浅見の家も、跡継ぎがいないことで焦り始めてたとこだしな」

なんて残酷なことをと、怒りのあまり身体が震えた。

「それをおとなしく守ってるの？　そんなの……」

「無視して会いに行け、だろ？　ところがあの子、ガチガチに監視されてるんだよ。部活も禁じられて、寄り道も許されていない。余分なお金も持てない。ババアが何度も言い聞かせてたけど、佐々良駅長まで抱き込まれてるんだぜ？　その上学校にも浅見家の息がかかった奴がいる。誰だと思う？　なんと教頭先生だよ」

「ええっ、いい先生だと思ってたのに……」

「いや別に悪い先生じゃないんだろうけどさ、何か世話になったか借りがあるとか、そういうんじゃないの？　それに別に悪いことをしているわけでもない。ハナちゃんが遅刻や早退をせずにちゃんと授業を受けているか、何か問題をおこしていないか、まあそういうことを見守っているらしい。これはジジババの会話からわかったんだけどさ。行事や何かで遅くなるときには教頭自ら電話してるらしいぜ。完全に籠の鳥、ボトルの中の羊だな」

　ここでふいに、イッサはにやっと笑って話題を変えた。

「それで思い出した。こないだの宿題は考えてきたか？」

「なに言ってるのさ、それどころじゃないだろ」

　僕は浅見さんと初めて会った日のことを思い出していた。駅で彼女が絶望的な顔で泣いていた理由……それはおそらく、病気の母親と会えないことと無関係じゃないだろう。

　何とかしてやらないと。

　――僕が、何とかしてやらないと。

「まあ焦るなって」焦れる僕とは対照的に、イッサは余裕たっぷりだった。「出題したからにはちゃんと答えを聞かないとな。俺そういうの、きっちりやんないと気持ち悪いんだよ」

「……考えたけど、結局わからなかったよ」

　いらっとしつつ、一応答えた。

「なんだよ、投げやりだな」

「そんなことないよ。母親にまで相談したんだぜ？　そしたらにっこり笑って言うんだよ。『羊の入れ方はわからないけど、このりんごをその瓶の中に入れることならできるわよ』って」

「へえ、どうするって？」

イッサは興味深そうだった。

「『刻んでお砂糖でコトコト煮ればいいのよ』だってさ。笑っちゃうだろう？」

笑い話でお茶を濁し、さっさと話を戻そうとしたら、イッサはやけに真剣な面もちで言った。

「いや、ユウスケのお母さんはなかなか優秀だよ、少なくとも、息子よりはね」

「失礼な奴だな。けどまあ、僕の母さんはいつも正しいんだよ……まあ、大抵いつもは、ね」

「マザコンか」とイッサは笑った。「……さて、おまえのお母さんを見習って、こっちも柔軟な思考をしてみようじゃないか……幽閉された姫君を、ほんの少しだけでも自由にさせてあげる方法を、ね」

6

「――何とかして、君をお母さんに会わせようと思う」

屋上に続く例の踊り場でそう切り出すと、浅見さんは息を呑み、それから大きな目をさらに見開いた。

「前に話したよね、君には幽霊がくっついてるって。あれは嘘でも冗談でもないんだ。僕はその幽霊と友達になった。彼……イッサって言うんだけど、彼が君の事情を見聞きしていた……家のことも、お母さんのことも。こんな話、信じられなくて当たり前だろうけど、今ここに、イッサはいる。だから、君しか知り得ない事実も、イッサに聞けばわかる。いくらでも証明できる。だから、僕とイッサを信じてくれないか？」

驚いて言葉もないような浅見さんに、僕は一気にそう言った。

「……本当に、会える？」

少しかすれた声で彼女は尋ね、僕は大きくうなずいた。

「イッサと二人で考えた。電車賃も僕が用意する」

浅見さんはまた目を見開き、それから首を振った。

「でもやっぱり駄目よ。母はお祖父ちゃんの紹介で、最高の病院に入れてもらっているの。私が約束を破ったら、退院させられてしまうわ」

そんな脅迫をしていたのかと、改めて腹が立つ。

「大丈夫。君がずっと学校の中にいたっていうアリバイを用意するから」

かなり長い間、浅見さんは黙りこくっていた。大きな瞳でまじまじと見られて、どぎまぎして困った。

「……前にここであなたと話した後でね」ふいに彼女は言った。「橋本さんに言われたの。あなたと何を話したのかって。それで、馬鹿みたいなこと言われた、嘘つきで、すごく変な人だって応えたの。そしたら彼女、とても怒ってしまって……以来、細々とした嫌がらせをされてるけれど、私にも非はあるから甘んじて受け流しているの」

一瞬、橋本さんて誰だっけと思い、ああ、入学式の時に話しかけてきた、同中の女子かと思い出した。嫌がらせの犯人がずいぶんあっさりわかってしまった。と言うか、当人にバレてたのか。

浅見さんは僕の目を真っ直ぐに見て続けた。

「ユウスケ君は変な人なんかじゃない、嘘なんてつかない、とても優《やさ》しい、いい人なんだと、本気で怒っていたわ、彼女……。私はあなたのことをろくに知らないけれど、あなたの人柄をあれだけ保証してくれる女の子がいるのなら、私もあなたを信じてみたいと思う」

冷静すぎるくらい冷静に話していた浅見さんの顔が、ふいにくしゃりと歪《ゆが》んだ。「違うの、信じたいの。どんな突拍子のないことでも……もう限界なの。心配なの。お母さんに、会いたくてたまらないの」

まるで網膜を覆っていた氷が溶けるように、彼女の両眼から涙がこぼれ落ちた。

初めて会った日のことを思い出し、胸がどくんと鳴る。

思わず両手を伸ばしかけ、けれどその手を慌てて引っ込めて、僕はやっとのことで言った。

「――大丈夫。僕らを信じて、まかせてくれ」

決行は、翌週の火曜日だった。

下準備として、浅見さんには直前の週末からひどい風邪を装ってもらう。月曜日はマスク姿で登校し、けだるげに振るまい、ときおり咳をしたりする。喉が痛くてしゃべるのも辛い感じ。火曜日当日にはとうとうかすれ声しか出せなくなっていた……という設定だ。

その日には、毎年恒例の球技大会が開催される。早い時期にクラスで一致団結し、友情を築くきっかけになればという意図から始まった、佐々良高校の伝統行事だそうだ。

ジャージ登校も可だが、さすがにそれで電車に乗るのは恥ずかしいと、学校で着替える者も多い。そのため、二クラス単位で男女を入れ替え、朝一で着替えの時間が設けられている。

浅見さんは登校するなり体調不良を訴え、保健室に行く。球技大会は欠場だ。少し横になり、もう大丈夫そうだからクラスの応援だけでもします、と養護教諭に伝える。そして自分だけ制服なのは恥ずかしいから、着替えよう……と考え、二階の女子更衣室に向かう。部室のない運動部や同好会が着替えるために、男女それぞれの更衣室が用意されているのだ。内側からロックできるので、いつ誰が入ってくるとも知れない教室よりは、安心して着替えられると考えたのだ。

……というのはもちろん、表向きの言い訳である。実際は、保健室を出てすぐにトイレでジャージに着替える。あらかじめ、夏用の半袖、ハーフパンツを制服の下に着込んでいる。それから目立つ髪の毛をヘアネットでまとめ、ショートボブのウィッグをつける（これは母が友達から借りてくれたものだ）。それから同じく借り物の伊達《だて》眼鏡をかければ、変装完了。一度化学準備室で練習してもらったが、まるっきり別人に見える。この姿なら、誰かに見られても大丈夫だ。球技大会中にちょっと手洗いに寄った新入生、ですむ。そしてその新入生は、人に見られないよう用心しつつ、校舎の裏手に回る。そこで、袋にまとめていた制服のうち、スカートだけを体操着の上に着る。

すぐ目の前が低めのフェンスだ。あらかじめ踏み台として一斗缶を置いておいたから、女の子でも乗り越えるのは難しくない。裏道には僕の母が待機してくれている。今回の作戦の、貴重な協力者だ。

母はまず、あらかじめ用意していたペラペラの白いスカートを、浅見さんの制服の上に重ねて着せる。ウエスト部分にゴムが入った簡単なもので、急遽《きゅうきょ》母が縫ってくれた。上半身は体操着の上に、大判のストールをすっぽりと羽織る。お世辞にもお洒落とは言えないけれど、これで取り敢えず、脱走した女子高生は消えた。

こうして浅見さんは母が持ってきてくれた自転車に乗り、全速力で佐々良駅を目指すことになる。あの格好なら駅で見咎《みとが》められることもないだろう。

お次は僕だ。球技の合間を見計らって、校舎に入る。そっと二階へ行き、女子更衣室の前に立つ。周囲に人がいないのを確認し、ポケットから取り出した木片を三枚、ドアの下にぎゅうぎゅうに押し込む。そして仕上げに、保温水筒に入れていたお湯を、木片の周りにたっぷり注いでおく。

「——密室を作るんだよ」

得意満面の面もちで、イッサは言っていた。

「これは密室の新しい使い方だと思うね。他殺を自殺に見せかけるとか、死体の発見を遅らせるとかじゃなくて、そこに誰もいないことを隠すための密室だよ。ここで登場するのが、フラスコの中の羊さ。これは木材の熱軟化と復元力を利用したんだ。木は縦方向には極めて強いけれど、横方向の力には弱い。特に熱を加えるとその傾向は顕著でね、木片を、コトコト煮てから工具を使って圧縮すると、元の幅の半分くらいまで縮んでしまうんだ。これを応用して、密室を作る。内鍵のある部屋でドアが開かなけりゃ、中にいる誰かが閉めたってことになる。アリバイトリックのための密室さ」

「でも後で木が挟まっていたってバレるだろ？」

僕が尋ねると、イッサは人の悪い笑みを浮かべた。

「いいんだよ、それで。タチの悪いイタズラで、彼女は閉じ込められてしまったわけだ。ああ、そういや、近頃細かくて地味な嫌がらせをされていたっけねえ……」

ものすごい悪知恵だと、本気で感心してしまった。

木製の羊は、限界まで圧縮してから詰め込み、あとからフラスコごと鍋でグラグラ煮て元の大きさに戻したという。今回は鍋とコンロは使えないので、熱湯を注ぐことで圧縮木材の復元を促す。イッサの計算によれば、それでも充分、ドアを強い力で押し上げ、開かなくすることができるとのことだった。

体操着に着替えるために更衣室に入ったら、何者かの悪質な悪戯《いたずら》によって閉じ込められてしまった。助けを求めたが球技大会中で周囲に誰もいず、風邪で大声も出せず、やがて無理に叫んだためにまったく声が出なくなってしまった……。

という筋書きだ。

もちろん、学校に戻ってくるまでに誰にも気づかれなければ一番いいのだが、それは難しそうだった。病院に行って帰るまでにはどうしても半日はかかる。担任が、体調が悪い女子生徒をいつまでも放置しておくとも思えない。しかも先生は、教頭から事情を言い含められている可能性が高い。保健室に様子を見に行かれたら、すぐさま「どこに行ったんだ？」となってしまう。そのための、密室だ。

球技大会の間中、浅見さんがどうしているか気になって、ポカばかりしていた。わざとじゃないにしろ、うちのチームが早々に負けてしまったのは申し訳なかった。だが、比較的自由に動けるようになったのはありがたい。なるべく、僕が先生に張りつき、無理なときにはイッサに頼んだ。

動きがあったのは、昼休みに入ってからだった。担任の先生が、「浅見さんを見なかったか」とクラスの女子に尋ねたのを見て、思わずイッサと顔を見合わせた。そろそろ来るだろうなとは思っていたが、ここからが肝心なのでごくりと唾《つば》を飲み込みつつ、先生に近づく。

「あの、先生。僕、見かけましたけど……」

そうっと声をかけると、先生はすごい勢いで「どこで」と振り返った。

「競技の合間にトイレに行こうと思ったら一階の方が混んでて、二階に行ったんです。そしたら更衣室の方に歩いて行く浅見さんが見えて……制服だったから、体操着に着替えようとしてたんだと思います」

「いつの話だ？」

「正確にはわかりませんが……だいぶ前でした」

敢えてこのあたりはぼかしておく。そして僕はいかにも心配そうに言った。

「なんだか具合悪そうだったし、まさか中で倒れてたり、なんてことは……」

ないですよね、と言う間もなく、先生は教室を飛び出した。当然のように僕とイッサも後に着いて行く。

少し不安だったけれど、更衣室のドアは先生がぐっと力を込めても開かなかった。ここまでけっこう時間が稼げたのも幸いして、木片がいい仕事をしてくれたようだ。

「中から鍵がかかっていますね」断定的に、僕は言う。「ここの鍵は閂《かんぬき》タイプだから、外からは開けられませんよねえ」

我ながらすごく説明臭い。

「おーい、浅見、いるか？　どうしたー」

先生が大声で言いながら、ドアをどんどん叩くと、中からチリンと涼しげな鈴の音が聞こえてきた。

「今、何か聞こえましたよね？」

僕が注意を促すと、先生はドアに耳を押し当てた。

チリン、チリンと、鈴の音が響く。

「確か浅見さん、体操着の袋に鈴をつけていたっけ」なんでそんなに彼女に詳しいんだと突っ込まれるかとびくびくしつつ、更につけ加える。「あ、もしかして何かの合図かも」

「そう言えば、風邪で声が出せないと言ってたな」と先生が言う。良かった。思い出してくれなければ、僕が更に説明セリフをつけ加えなければならないところだった。いくら何でも不自然に不自然を重ねすぎだ。

鈴の音を鳴らしているのは、実はイッサだ。幽霊なら、鍵のかかったドアも造作なくすり抜けることができる。更衣室に誰かがいることを信じ込ませるには、中で物音を立てるのが一番だ。

「ポルターガイストっていうんだっけ？　ぜひ盛大にやっちゃってよ」と言ったら、イッサは「気軽に言ってくれるなあ」と顔をしかめた。どうやら、幽霊なら誰にでもできるってわけじゃないらしい。二人で色々実験した結果、「これならなんとか……」となったのは、風鈴だった。これをロッカーの死角に吊し、イッサにタイミング良く鳴らしてもらう手はずだ。

「浅見さーん、声が出せないなら、鈴で返事して。イエスなら一回、ノーなら二回」

――声が出せないなら鈴なんか鳴らすよりドアを叩いた方がいいんじゃ……という単純な事実に先生が気づく暇を与えてはならない。一人でどんどん話を進めていく。非常事態ってだいたい、落ち着いてテキパキ案を出す人に、何となく従う空気ができてしまうものだ。

僕が叫び、中からチリン。そのくり返しで、ドアがなぜか開かなくなってしまって閉じ込められている、という目下の状況を先生に飲み込ませた。あまり緊急事態にしてしまうと、ドアを壊してでも救出、なんてことになってしまうから、体調は大丈夫だと強調するのも重要だ。

そして先生が打開策を思いつく前に、急いで言った。

「先生、あまり大騒ぎになるのはまずいですよね。ほら、もし苛めとかだと……」

言葉を濁すように言うと、それまでは鍵が壊れたくらいにしか思っていなかったに違いない先生は、はっとした顔をして「そ、そうだな……」とつぶやいた。そこへすかさず畳みかける。

「いっそ窓から救出するっていうのはどうでしょう？　近くに母の知り合いがやってる植木屋がありますから、ひとっ走りしてハシゴを借りてきますよ」

「そんな危ないことして、浅見がハシゴから落ちたらどうするんだ」

僕は落ちてもいいらしい。

「大丈夫です。僕が窓から入って、中からドアを開けますよ。工具を用意して行った方がいいですね。それでいい？　浅見さん」

部屋の中に呼びかけると、チリン、と返事があった。

「じゃあ先生。三十分くらいで戻りますんで、ここで浅見さんを励ましてて下さい。お願いします」

一方的に言い残し、僕は早足で立ち去った。

これでもう少し、時間が稼げる。

実は折り畳み式のハシゴは既に借りてあり、今朝早くに校舎裏手の植え込みの陰に隠してある。同じく隠してあった工具の袋を首にかけ、僕もそっと身を潜めた。

それからの時間は、ひたすら長かった。何かアクシデントがあって、浅見さんの到着が遅れたら。焦れた先生がこちらに回ってきたら。いやその前に、先生が体当たりでもしてドアを開けてしまったら……。

そんなことを考えていると、背後で自転車のベルの音がした。浅見さんの合図だ。周囲に人影はない。こちらも合図の口笛を返すと、自転車を踏み台にして浅見さんがフェンスをよじ登ってきた。こちら側から手を貸し、植え込みの陰に座らせる。既に変装は取り除き、袋にまとめて自転車の前カゴに隠してある。後で母が自転車ごと回収してくれる手はずだ。

もう一度周囲を確認し、ハシゴを更衣室の窓に立てかけた。窓はあらかじめ開けてある。ハシゴを支えて浅見さんを登らせる。

僕はようやくほっと息をついた。ここまでくれば、ひと安心だ。もし彼女が窓に入る前に誰かに見つかっても、脱出する途中だと言い抜けることができる。

それでも彼女が無事窓の中に入れたときには、もう一つ大きな息をついた。先生の心配じゃないけれど、あの高さから足を滑らせでもしたら大変だ。

浅見さんに上でハシゴを支えていてもらい、僕も無事に二階の窓に到達した。窓枠から飛び降りた途端、浅見さんは泣きじゃくりながら僕に飛びついてきた。

女の子に抱きつかれたのは初めてで、瞬時に身体がかっと熱くなる。浅見さんの身体はもっと熱くて、すぐ耳元で「ありがとう」という言葉が吐息と共にささやかれた。

なんだか頭の芯がぼうっとしてきたけれど、すぐにやるべきことを思い出す。風鈴を回収して、浅見さんの体操着袋に突っ込む。その際、袋につけた鈴が、涼やかにチリンと鳴った。

「先生」大声で、僕は廊下に向かって呼びかけた。「今、中に入りました。鍵はかかってないです。ドアの下に何か挟まってるみたいなんですけど……」

「浅見さんは無事か？」

気遣わしげな先生の声がする。どうやらそこでずっと、約束どおり待っていてくれたらしい。

「無事です。先生、ドアの下のやつ、こっちから工具で押し出してみますね」

金属製のヘラで力いっぱい押してやると、木片はじりじりずれていき、やがてすぽんと抜けた。同じ作業をあと二回、くり返す。

ドアが開いたときの、先生の安堵《あんど》の表情を見て心が痛んだが、最後まで嘘を押し通すしかない。

「誰がこんなひどい悪戯をしたんでしょうね」

いかにも怒っている風に僕は言い、浅見さんも涙を拭《ぬぐ》いながら、ささやくようなかすれ声でシナリオどおりのセリフを口にする。

「そう言えば最近、立て続けに嫌がらせみたいなことが……」

そのままふらふらと座り込んでしまう。

「あ、先生。なんか浅見さん、熱っぽいみたいですよ」

実際顔も赤いし、息も上がっている。けれどそれは駅から全力で自転車を漕いで来たせいだ。泣いている彼女を見て、先生は慌てたようだった。体調の悪い女の子がこんなところに何時間も閉じ込められたら、そりゃ泣きたくもなるだろう。

「そうか、とにかく保健室だな。浅見さん、今回のことはきちんと調査するが、今の段階ではお家の方には……その、あまり問題が大きくなってもな」

「言えないです、こんなこと」

力なく浅見さんは言い、先生は少しほっとしたようだった。それから僕を見て、

「おまえもこのことは口外無用にな」と口止めし、「おまえも熱があるのか？　顔が赤いぞ」

と、ついでみたいに心配してくれた。

「そうですか？」焦って僕は言う。「……重いハシゴを持って走って来たせいかな」

「そうか、本当にご苦労だったな。ありがとう、よくやった」

先生の心のこもったねぎらいの言葉を聞き、僕は複雑だった。この人の好い先生には最初から最後まで、嘘のつき通しだったから。

このできごとの余波はいくつかあって、一つは浅見さんに対する苛め（もどき）がぱたりと姿を消したことだ。先生は宣言どおりきちんと調査を行った。もちろん閉じ込め事件の犯人は見つからなかったが、無視や聞こえよがしの悪口や、誰とも知れない嫌がらせも無くなったので、結局そのままうやむやになった。橋本さんは内心、心臓ばくばくだったに違いない。

皆の態度が変わったのは、浅見さん自身が変わったから、というのも大きいと思う。

「理不尽だとか私の意思を尊重してもらえないとか、拗《す》ねてふてくされていても仕方がないってわかったの。現状を自分で変える努力をするべきだったし、自分だけでそれが無理なら人を頼ってもいいんだってわかったの……あなたたちのおかげよ」

そう言って笑った浅見さんは、確かにとても柔らかく、感じ良くなっていた。

彼女の言う、「あなたたち」とはもちろん僕とイッサのことだ。浅見さんは見えなくてもイッサの存在を認め、話しかけてくれるようになった（もちろん周囲に人がいないときに限ってだけど）、そのことが、イッサにはとても嬉しかったらしい。

そう、もう一つの余波は、イッサのこと。

「――欲しかったのは、きっかけさ」

イッサはそう言っていた。

「俺がどうして屋上から飛び降りたかなんて、今となっては些細な問題なんだよ。狭い世界に生きる人間は、小さな悩みにだって簡単に押し潰される。世界がひろがって初めて、それが取るに足りない、ちっぽけな悩みだったと気づくものさ。ここで長いこと、高校生をたくさん見てきて、やっとわかったよ。それとユウスケ、おまえと会えて良かった。おまえと一緒に、ハナちゃんを助けてあげられて良かった」

「……好きだったんじゃないの、浅見さんのこと」

ストレートに尋ねてみたら、イッサは人の悪い笑みを浮かべた。

「それはおまえだろ、ユウスケ。ほんと言うとさ、あの子に興味があったのは、知ってる奴の娘だったからなんだよ。まあ、仲は悪かったんだけど。だってあいつ、ワガママでテキトーで自己中で……なのに不思議とみんなから好かれてて。頭くるじゃん、そういうの。顔を合わせりゃ喧嘩だよ。同じ化学部でさ、ああ、そういやあいつの兄貴も化学部で、部長をやってたっけな。その人が卒業した後、部内でくだらないいざこざがあって……実験のミスで小火《ぼや》騒ぎをおこしちゃって、活動停止処分に追い込まれて。なんかもう、人間関係も部活もついでに成績も最悪で。でもまあ、別に死ぬほどのことじゃなかったんだよな、今から思うとさ。つまんない、大したことないことで死んじまったって、死んだ後から思い知るのは、死ぬより辛かったよ。それこそ未練が雪だるまみたいにどんどん大きくなる一方でさ……苦しかったよ、本当に。

俺はさ、ほんとはあいつと仲良くしたかった。でも、うまくいかなかった。佐々良で浅見って言ったらあいつの一族だからさ、それでハナちゃんについて行ったんだよ。まさかもうとっくに死んでたなんてな。それもさっさと成仏してやがって……未練たらたらでこの世に残ってる俺が、馬鹿みたいじゃん？……だからもう、潮時かなあってさ。おまえと化学部やれて、楽しかったよ。ありがとな」

ニカッと笑ってそう言い残し、あっさりイッサは消えた。たぶん、成仏ってやつをしたんだろう。何だかさみしい気もするが、彼のためにはきっとこれで良かったのだろう。

そして最後の副産物。それは僕と浅見さんとがけっこう……かなり、仲良くなれたこと。最初は、一人でお弁当を食べている浅見さんを誘って一緒に食べたり（中村からは『おまえ、勇者だな』と言われた）、やがて図書室で一緒に勉強したり、彼女の家近くまで送ったり、その途中、公園のベンチで少し話したり、なんてことができるようになった。彼女にはあまり寄り道する余裕は無かったし、僕にもバイトがあったりしたけれど、その短い時間は僕にはとても楽しいものだった。

しばらくして、皆から折に触れ、「もしかしておまえら、付き合ってるの？」とからかわれるようになった。そうか、付き合うという手があったと気づき、そしてそれはとても素晴らしいことに思え、勢いで彼女に「付き合って下さい」と言った。

「私はもう付き合ってるんだとばかり思っていたわ」と笑われた。

出会いが泣き顔で、たぶん好きになった瞬間にも泣いていて、だけど今、僕の側で彼女が笑っていてくれるのが、すごく嬉しくて、びっくりするくらい幸福だった。

7

佐々良高校に入って、二度目の春が訪れた。

春休みになったばかりで、ハナに会いたいなあと思っていたら、その気持ちが届いたみたいに電話がかかってきた。

けれど彼女の声を聞いて浮かれた気分も、一瞬で吹き飛んだ。ハナはとても動揺し、そして子供のように声を上げて泣いていた。

「……病院から、すぐ来てって、お母さんが、お母さんが……」

しゃくり上げる合間のその言葉で、僕はすべてを理解した。

「一緒に行こう。駅の改札で待ち合わせだ」

そう叫んで電話を切り、財布をポケットに突っ込んで、自転車で飛び出した。

今にも崩れ落ちそうなハナの手を引いて、電車に乗った。初めて会った日、僕らの間には越えようのない距離があった。それが今はこんなにも近づいているのが、不思議で、どこか現実感が無かった。彼女は僕の手を命綱のように握って、放そうとしなかった。彼女の絶望に寄り添いながら、けれどこんなときに彼女の側にいられたことがありがたかった。

病院の処置室の前に立ったとき、中から中年の男女が出て来た。夫婦連れだろうか、小柄な女性がはらはらと涙をこぼし、茶色いカバンを背中にしょった男性が、いたわるようにその肩を抱いていた。

「僕がもっと早くあれを完成させていれば……」

呻《うめ》くようにそう言うのが聞こえた。

彼らと入れ違いに、僕らは部屋に飛び込んだ。

「お母さんっ」

悲痛な声で、ハナが叫ぶ。

ベッドに横たわった女性が、懸命に頭を動かし、ハナを見た。それから彼女の視線は僕の方に向かい、僕の視線とぶつかった。

その瞬間、相手は大きく両の目を見開き、それからかすかに微笑《ほほえ》んだ。僕がよく知っている、そんな気がする微笑みだった。

そしてその人は今、静かに息を引き取ろうとしている。ハナは泣きながら、死に逝く母親の身体に取りすがっている。

その時、ふいに世界がぐにゃりと揺れた気がした。

「――ユウスケ……」

今、初めて会うはずなのに、彼女はかすれた声で、僕の名を呼んだ。僕はそっと近づき、彼女の手を握る。温かく、柔らかい手。

彼女の指に込められた、わずかな意思を読み取って、僕はそっと彼女の口許に耳を寄せた。

「きっと会いに……」

聞き取れたのはそこまでだ。彼女の唇は、「に」と発音したままの、微笑むような形で永遠に凝固した。

二度と発することのない言葉の続きを、たぶん僕は知っている。

きっと会いに行くね。

そう言ったのだ、彼女は。

「――ご臨終です」

医師が静かにそう告げた。

ふたたび
はるひのの、はる
後

1

満開の、桜だった。

佐々良《ささら》はあまり雪が多く降る場所ではない。おおむね、からりと冷たい冬だ。昼間の空は晴れて明るく、山並みはくっきりとしている。

春が来ると、枯れ草色の風景は一変する。柔らかな薄緑の若葉が、水を含んだ地をそろりと覆い、樹木は死から甦《よみがえ》ったように、枝の色を日々変えていく。

とりわけ桜の変化は、あまりにも目に鮮やかだ。最初は枝と同じ色をしたわずかな突起に過ぎなかったものが、春の日差しを受けてみるみるふくらんでいき、やがてほろりとほころびる。少し焦《じ》らした後に、いきなりわっとばかり全開になる。毎年のことなのに、ああ、ここにも桜があったか、あっちにもあったかと、何か新しい発見をしたような気分になる。

舞い散る花びらが、まるであわ雪のようだった。あとから、あとから、休むことなく降り続ける雪のようだった。

僕は佐々良駅のホームで、電車を待っていた。屋根のない場所で、ホームに添うように桜並木があった。向かい側のホームに電車が入り、その風圧で花びらが複雑な動きを見せて舞い上がる。

そして電車が去ったとき、対岸のホームには一人の女の子がいた。赤みがかってゆるいウェーブのかかった髪の毛が、花びら混じりの春風になぶられ、ふわりとひろがる。

思わずあっと声が出た。そして僕は大声で叫んだ。

「はるひーっ」

彼女は歩みを止めて、こちらを見た。とたんに形の良い唇の両端が、きゅっと上がる。微笑《ほほえ》んでいるのだ。胸の奥がぽっと温かくなるような笑顔だった。嬉《うれ》しくなって、

「ちょっと、待って。そこで待ってて。今、行くから」

叫びながら、階段に向かう。

はるひに会うのは、ずいぶん久しぶりだった。最後に会ったのは確か中学二年の夏休み、ある女の子の力になってくれと頼まれたときだ。鷹《たか》を飼っている、おかっぱ頭の女の子だ。力になると言っても、時々話しかけるのが精一杯で、何もできなかった。そのことが気になっていたし、何より久しぶりにはるひに会えて、ただ嬉しかった。

階段をひとつ飛ばしに駆け上がり、また転《ころ》がるように駆け下りて、息を切らせてはるひの姿を探した。けれど対岸のホームには既に人っ子一人いない。「待って」と言ったのに、はるひはそれをきれいに無視してくれたものらしい。

未練たらしく改札から駅の外を窺《うかが》ってみたが、そこにも目指す姿はない。

昔から、目の前から消えたはるひを探して、見つかったためしがなかった。決して幽霊ではなく、ちゃんと生きた人間で、時の流れと共に成長もしていて、なのに消えっぷりの鮮やかなことときたら幽霊も顔負けだ。いつだって、いきなり現れちゃあ、ほんのわずかな時間でまたいなくなる。彼女について知っているのは名前だけ。なのにはるひの方はなぜだか僕のことはなんでも知っているみたいだし、その他のことだってなんでも心得顔だ。回答のないクイズを次から次へと出されているみたいで、もどかしさがつのるばかりだ。気にするな、と言う方が無理だろう。

アナウンスが響き、元いたホーム側に、電車がやってくるのが見えた。僕は慌ててまた階段を駆け上がる。どうしても遅れられない、アルバイトが入っていた。

その夜、はるひの夢を見た。

昼間とまったく同じシチュエーション。春風に舞い散る桜。ふわりとひろがる赤い髪……。けれど、顔を上げたはるひの頬は、涙に濡《ぬ》れていた。桜の花びらの様に、後から後からこぼれ落ちる透明な雫《しずく》……。

胸を強く突かれたような思いと共に、目が覚めた。そのまま、なかなか眠れなくて困った。

また、例によって何ヵ月も、ことによれば何年も会えないのだろうと、半ば諦めていた。話したいことも、聞きたいことも山ほどある。それが無理なら、もう少しだけでも一緒にいたい。

だけどそんなささやかな願いだって、叶わないのかもしれない。夢の中の淡雪のように、とらえどころも無く、手が届くことさえ無く、儚《はかな》く消えてしまうことのくり返しなのかもしれない。

そんな諦念さえ、そのときの僕にはあった。

だからそれから一週間も経たないうちに、思いがけない場所ではるひと再会したときには、大袈裟《おおげさ》じゃなく息が止まるほどに驚いた。

佐々良高校の入学式の日。

これから一年間、授業を受ける教室は、養鶏場みたいにざわついていた。そこに突如紛れ込んだ一羽の白鳥のように、はるひは扉を開けて入ってきた。佐々良高校の女子の制服を着て。当たり前のような顔をして。

不意打ちもいいところだ。

僕は思わず立ち上がり、椅子がカタンと音を立てた。その瞬間、教室は凪《な》いだように静まりかえる。僕の視線を追ったのか、皆の目がはるひに集まった。視線で織られた薄布を滑り落とすように、はるひはさっさと歩き、僕の隣に着席した。

「はるひ、久しぶりだね。この間は……」

そう言いかけて、違和感に僕は口をつぐむ。

こちらを見やったはるひの顔に、いつもの柔らかい笑みは無かった。代わりに、今までに見たこともないような、硬い拒絶を込めた表情を浮かべている。

僕らは少しの間、無言で見つめ合っていた。

そしてはるひは、どこか困惑したような感じでそのセリフを口にした。

「――あの、どなたですか？　誰かと間違えてませんか？」

2

自分はそういう名前ではないと冷淡に彼女は言い、指差した机の名札は確かに見たこともない姓名だった。

しらばっくれている風でも、とぼけている風でもない。完全に、今初めて会った他人の無礼を我慢しつつ、最低限の礼儀で接している、といった様子だった。

そんな馬鹿なと、混乱しつつ思う。どう見たってはるひだ。ごく幼い頃から、何度となく僕の前に現れては、意味不明で不思議な頼み事をしてきたはるひだ。間違えたり、勘違いしたり、なんて余地がないだけの積み重ねが、僕たちの間にはある。

瓜ふたつの双子とか、姉妹とか、そうした存在が頭をよぎらなかったわけじゃない。だけどもしそんなことなら、相手はきっと即座に了解するはずだ。たぶんこんな事態には慣れっこだろうし、笑ってそう説明してくれるだろう。少なくとも、こんな怪訝《けげん》な顔をするわけがない。

だけどその怪訝そうな顔ですら、はるひだ。はるひそのものだ。

「あの、もういいですか？」

少し迷惑そうに言うその声も、間違いなくはるひのものだ。

言葉もない僕をよそに、彼女は通学カバンから文庫本を取り出して、読書を始めてしまった。

教室の中にまた、ざわめきが戻る。

そのざわめきのうち半分くらいは、同じクラスになった中から知り合いを見つけては声をかける、というものだった。同じ中学だったり、塾が同じだったり、同じスポーツをしていたり。

新しい環境の中で、たとえわずかでも横の繋《つな》がりを見つけて、安心しようとしている。

先刻の衝撃が覚めやらない僕には、そんな余裕はなかったのだが、向こうから声をかけてくれる人がいた。

「あの……もしかしたら新聞配ってた？」

おかっぱ頭の女子だった。その髪の毛に見憶えがあった。正確には、記憶よりも少し長く伸びていたけれど。

「ああ、あの、鷹匠《たかじょう》の……」

はるひに頼まれて、気にかけていた女の子だった。小柄だから、もう少し下の学年かと思っていた。以前に会ったのが冬で、今が春だからか、前よりずいぶんと明るい印象を受ける。

「鷹匠じゃないよ、飼ってただけ」その子ははにかむように笑った。「でもおかげで、ヨルは自然に還って行ったよ。ずっとお礼が言いたかったから、良かった。ありがとう」

「それは良かった」こっちも嬉しくなって僕は弾《はず》んだ声を上げた。「僕は別に何もしてないような気がするけど……とにかく良かった、気になってたんだ」

はるひとしてはこれでオッケーだったのだろうかと、ちらりとそちらを見やる。が、まるっきり、知らん顔だ。

「よー、おまえ、どこの中学？」

ふいに知らない男子が割り込んできた。小柄で髪を金色に染めている。

佐々良高校には頭髪に関する校則が無い。自主自立を旨とする校風から、生徒会が数年前、「各自が己の規範たれ」を合言葉に運動した結果だという。

「一中だよ。おまえは？」

金髪に聞き返すと、「あー、俺ら、二中」となぜか偉そうに答えた。

「ツバサと、私はミドリって言うの」

オカッパ女子が言った。

いきなり姓ではなく名前での自己紹介をするので、こっちもつられた。

「僕はユウスケ」

「よろしくね」と笑ってから、ミドリはふいにはるひ（じゃないらしいけど）の方に向き直った。彼女は我関せずの体《てい》で本を読んでいる。

「あなたは？」

ふいに聞かれて、はるひ（仮）は戸惑ったらしかった。

「アサミ……」

ぽつりと答える。

「アサミちゃん？　いい名前だね」

「違う、それ、苗字」

少し笑って、彼女は机の名札を指でとんと示した。浅見《あさみ》華《はな》、と書いてあった。

「華やかの華、だね。ぴったり」

「おまえさー、何か性格変わってね？」またもツバサが割り込んだ。「そんな自分から積極的に声かけていくタイプじゃなかったのに。高校デビューかよ」

「高校デビューで張り切りすぎて、そんな頭にしちゃった人に言われたくありませーん」

二人のやり取りに、思わず笑ってしまった。見るとはるひ、ではなく浅見さんも笑っている。

「でも助かる」少しくだけた口調で彼女は言う。「他にも茶髪にしてる人、けっこういるみたいだし、おかげで私も目立たずにすむかも」

「華ちゃんのは地毛だよね。すごくきれい」

「おまえ、いきなり名前呼びかよ。ほんと性格変わったな」

ツバサが言ったが、確かに以前何度か会った時にはもっと内向的な性格だったように思う。

少ししゃべったりはしたけれど、自己紹介なんてしなかったし、こっちの名前も聞かれなかった。

「あのね、前にね、すごく似ている人に会ったの」そう言いながらミドリは、じわっと滲《にじ》むような笑みを見せた。「だからなんか、嬉しくて」

似ている人、という言葉に、はっとする。

「僕も、似ている人って言うか、そっくりな人って言うか、そのものって言うか……」ちらりと浅見さんに視線をやると、顔の前で『違う違う』という風に手を振っている。「そういう人を知っている」

しつこくそう言ってみたけれど、相手の顔には困惑と当惑の色が浮かぶばかりだ。

本当に、とぼけているとか、嘘をついている様子でもない。

「でも、あなたに会ったことはないと思うの。ごめんね」

軽く謝られ、僕は「いや……」とつぶやく。その時、担任となる先生が入ってきた。これから入学式だ。

式の最中、何列か前の人の頭越しに、つやつやとした赤い髪の毛がちらちら見え隠れしているのを、ずっと眺めていた。

式は滞りなく進行する。新入生代表挨拶《あいさつ》で、眼鏡をかけた男子生徒が登壇したとき、なぜか妙な違和感を抱いた。あれ、何かおかしいな……と思ったのだ。しかし何がおかしいのか、いくら考えてもわからない。脳裏で赤い髪の毛が揺れたけれども、ひとつ首を振ってそれを追い出した。

今日は変な日だ、と思った。

はるひと同じクラスになったかと思えば、それはまったくの別人で。けれど別人と言うにはあまりにもはるひそのもので。

そして靴の中に入り込んだ、小石のような違和感。何か、変だ。とても気になる。イライラする。

何かが違う……。けど、何が？

違和感の正体が皆目わからない。

新入生代表挨拶が滞りなく終わったとき、なぜか「何も起こらなかった」と思った。なぜそう思ったのか、何が起きると思っていたのか、やはりわからない。

とにかくこんなもやもやとした感じで、僕の高校生活はスタートした。

3

小さい頃、母がわたしを呼ぶ声が、大好きだった。

母の口からこぼれ落ちるわたしの名前は、まるでビロードを貼ったゴム鞠《まり》みたいに、丸くて柔らかくて手触りが良くて、耳からそのまま胸の奥に落ちてきて、ぽんと軽やかに弾むのだ。

残念なことに、わたしが母について覚えていることは、あまり多くない。わたしがまだ幼いうちに、病気でこの世を去ってしまったから。

父は仕事が忙しかったので、わたしの世話はお手伝いさんがしてくれた。人見知りだったわたしが少し懐いた頃、お手伝いさんは別の女の人に替わった。それが幾度かくり返され、最後の人が新しいお母さんになった。わたしは自分で望んで、寮のある学校へ行くことにした。当時のことはあまりよく覚えていない。それなりに楽しく過ごしていたようにも思う。知らないことを学ぶのは、楽しかった。本を読むのも好きだった。

海外留学したいという希望は、簡単に叶えられた。金銭的な意味では、わたしはとても恵まれている。その留学先で、ユズルと出会った。彼はわたしの知らないことをたくさん知っていた。彼と話すのは楽しかったし、黙って一緒にいるのも、やっぱり楽しかった。

同い年のわたしたちが大学を卒業すると、とても簡単に彼は言った。

「結婚する？」と。

あんまりさらりと言われたものだから、ついわたしも「そうね、そうするわ」と答えてしまった。もっとも、もし山ほどの言葉を尽くしてプロポーズされたのだとしても、わたしの返事は同じだったろうけれど。

ユズルは、自分の父母は大反対するだろうと予告していた。そして実際、挨拶に行ってみたらそのとおりだった。まるで警察の取り調べのように様々なことを根掘り葉掘り聞かれ、答えるたびに相手の眉間の皺は深くなっていった。そして最後に彼らは言った。

「認めるわけにはいきません。お引き取り下さい」

嫁として不合格、というわけだった。

憮然《ぶぜん》とするわたしの腕を、ユズルは強く引いた。

「ああ、帰るよ。俺も一緒にね」

そしてそのまま、彼の実家を後にした。

「……こうなることはわかっていたんだ。不快な思いをさせて、ごめん」

帰り道、ユズルは言った。

「でも別に親に許しを乞いに来たわけじゃないから、結論は変わらない。親には報告に来ただけさ……事後報告でも良かったくらいだけど、一応、筋は通しておこうと思って」

「わたしの親にも、事後報告でもいいくらい」

と言ったら、「やっぱり反対される？」と聞かれた。それでわたしは笑って答えた。

「まさか。ああ、そうかって言われるだけよ。あんまりわたしに興味が無いのよね……単に、遠くて面倒なだけよ」

わたしの父と、元お手伝いさんとの間には、男の子と女の子が一人ずつ、生まれた。一家はそれで、きれいに完成されていた。わたしが入る隙間《すきま》は、どこにもない。

「まさしく、好きの反対は無関心っていうやつね。あなたは熱烈に関心を持たれている……ご両親は、あなたのことが大好きなんだわ」

できるだけ軽い口調で、悪戯《いたずら》っぽく言ってみたら、ユズルは否定したそうにわたしをちらりと見たが、結局何も言わなかった。

少し歩いてから、駅とは違う方角に向かっているのに気づく。目で問いかけてみたけれど、ユズルはわたしの腕を引く力に、意思を込めるばかりだ。

ふいにわたしたちは、開けた風景の前にいた。まるでつぼみからほどけた瞬間の花のようだった。満開の桜や、瑞々《みずみず》しい若草や、花びらのたゆたう川の流れや、小鳥の声や、昆虫や、少し強めの風や……そうしたものすべてを、両の手のひらに優《やさ》しくそうっと抱えているような、そんな野原だった。

「……小さい頃からずっと、ここが好きだったんだよ」

ユズルはわたしを振り返り、子供のように笑った。

「俺の故郷はさ、田舎なのになんだか都会よりもせせこましくて息が詰まるような気がしてて、正直あんまり好きにはなれなかった。だけどここだけは、なぜだかわからないけれど、ほっと息がつけるような気がして、よくそこの土手で寝っ転《ころ》がったりしてさ……ぼんやり雲なんか眺めてた」

「目に見えるようだわ」とわたしも笑う。「そうしていつも、髪の毛に草の実とか、枯れ草とか、くっつけていたんでしょ？」

「そうだよ、君も道連れだ」

ユズルの言葉と共に、ふわりと身体が浮いた。抱きかかえられた彼の腕をそのまま枕に、二人でくっついて土手に身体全体を預けてみる。

土と、草と、川の匂いがした。

「……わたしもここが大好きよ」

彼の耳に唇をつけるようにして、そうささやく。

「だと思った」朗らかに、ユズルは言った。「ここはね、はるひ野って言うんだよ……」

4

入学初日に言葉を交わした三人、華、美鳥《みどり》、翼《つばさ》とは、球技大会などの行事を通じ、何となく仲良くなっていった。美鳥が僕に話しかけてきて、そこへ翼が割り込み、美鳥が華を引っ張り込む、という最初とまったく同じパターンが続いた結果だ。

華がはるひではない、ということに慣れるのには、しばらくかかった。少し困ったような笑みを浮かべて、「なに？」と問われて初めて、自分が不躾《ぶしつけ》なくらいまじまじと相手の顔を眺めていたことに気づく。

「また例の、はるひ、さん？」

声に少し非難の色を滲ませて、華は言う。そりゃあ不快になって当然で、彼女には申し訳ないのだが、気がつくとやってしまっている。自分でも、どうしようもない。

「世の中には、そっくりな人間がいるっていうもんなあ」横合いから、翼が割り込んできた。「ほんとにいるんじゃね、そっくりさんが。ほらいつだったか、美鳥も言ってたじゃん。華と似た人に会ったことあるって」

すぐ近くにいた美鳥は、即座に首を振った。

「私が知っている人とは違うなあ……だって歳《とし》が全然違うもん。うちらの親くらいの歳だよ、きっと」

「何だよ、おばちゃんかよ」がっかりしたみたいに翼が言う。「あ、でも華のお母さんだったりして？」

『それはないよ』

女子二人の声が重なった。

「だってあの人、未来から来たって言ってたもん」

と補足したのは美鳥だ。げー、おまえ、それ信じたの、完璧騙《だま》されてるよと翼が騒ぎ、その傍らで華がごく小声で言った。

「うちの母は病気で入退院をくり返しているから……」

「そうなんだ、大変だね」思わず身を乗り出した。彼女の家は、僕と同じ母子家庭だと聞いている。他人事《ひとごと》とは思えなかった。

「何か困ったことがあれば、言えよな」

そうつけ加えると、相手は少し驚いたような顔をした。それから小さく微笑んで言う。

「ありがとう、でも、大丈夫。今は佐々良の祖父母の家にやっかいになってるから。小さい頃から、よく遊びに来てたし、よくしてもらってるから大丈夫」

「……小さい頃から……そう……」

僕がつぶやくと、華はまた少し、困ったような顔をする。

やっぱり、佐々良にはいたんじゃないか。

理不尽とはわかっていても、苛立《いらだ》ちに似た思いが胸の裡《うち》にふくらんでしまう。

「――はるひ野って場所を知っている？」

ふと口を衝いて出た言葉は、我ながら唐突だった。

「……はるひ野？」華はわずかに眉をひそめた。「どうして？　えっと……前から、行っちゃダメだって言われていた気が……」

「どうして？」

反射的な問いに、華は口ごもる。

「え……何か、危ない……怖いところだから」

「怖い？　どうして？　誰がそう言ったの？」

心底不思議だった。あんなにぽかんと開けて美しく、のどかな場所はないと思っていたから。

「えっと……何でだったかしら？　確か、小さい女の子があそこで殺されて……」

「え、そんな事件があったなんて、聞いたこともないよ」

言下に否定しつつ、頭の隅っこで何かが引っかかっていた。

「あ、そうだった？　おかしいな、なんで勘違いしていたのかしら……誰かに、聞いたような気もするんだけど。何度も言い聞かせられた気がするんだけど、誰から聞いたのか、思い出せない……とにかく、はるひ野は怖いところだって」

「なになに、はるひ野？」美鳥をからかうのに飽きた翼が割り込んできた。「あそこだろ、佐々良川の川っぺりの……。怖いって言えばさ、俺、よくいやな夢を見るんだよね。あそこの土手で美鳥が誰かにからまれててさ、通りがかった俺が助けようとしたら、いきなり鷹に襲われる夢。昔、あいつ鷹を飼ってたからさ。今年の初夢がいきなりそれでさ、親からは縁起がいいじゃないかって言われたけど、冗談じゃねえよ。鷹の爪がグッサーって俺の眼に刺さるんだぜ、グッサーって。俺、美鳥のこと助けようとしてたのに、すっげーとばっちり」

「――ちょっと。どうしたの、美鳥ちゃん？」

翼の夢の話は、華の声で遮られた。見ると美鳥の顔が、傍目にもわかるほどに青ざめている。

「……ねえ、翼。他に、何か夢を見ない？　いやな夢。すごく、怖い夢」

かすれた声で、美鳥は言った。表情は硬く、けれど切迫した様子で、正直なんだか怖かった。質問を向けられた翼も、気圧《けお》されたのか、それまで調子よくしゃべっていたのが嘘のようにおどおどし出した。

「え、夢、あ、えと……見るよ、見る。たまにだけど、いやな夢」

「どんな？」

美鳥がぐいと顔を近づける。翼は一歩後退して、どこかしょんぼりとした様子で言った。

「……おまえには人殺しの血が流れてるって……そう言われんだ、友達とかから。すっげーやな夢」

「誰が、誰を、殺したの？」

美鳥の声は、低くかすれたままだった。翼はごくりと唾《つば》を飲んだ。

「俺の親戚のおじさんが、小さい女の子を殺したって……あの、はるひ野で」

しばらく、誰も何も言わなかった。華は口を開きかけ、またすぐ閉じた。代わりに、彼女の目はだんだん大きく見開かれていく。

「——私だよ」ずいぶん経ってから、美鳥は言った。

僕を含めた他の三人は、口の中で「え」とか「なに」などとつぶやく。美鳥は一度目を閉じ、それから開け、大きく息を吸い込んでから言った。

「——その、殺された女の子は私だよ。十年前、私はあの川原で知らないおじさんに、顔を水に浸けられて、殺されたの」

今度こそ、誰も、何も言えなかった。

そのとき始業のベルが鳴り、僕らは胸のざわめきをそのまま持ち越すことになった。

今年の春は、何かがおかしい。どこかずれている。どうしようもない違和感が、常に付きまとっている。

桜吹雪の駅のホームで、はるひに会ってから？　それとも、はるひと瓜ふたつの少女と会ってから？

ごく普通の生徒に見える美鳥と翼もまた、違和感の正体だったと気づく。

彼らは単なる夢の話をしているのに。なのに、それを聞いた瞬間から、その夢の話こそが正しいのだと思えてきてしまった。そんなことはあり得ないのに。現に翼は片目を怪我してなどいないし、美鳥はもちろん生きて僕らの目の前にいる。どうしてそれを、おかしいと思うのだ。

わけがわからなかった。

授業で先生の言葉が頭の中でほとんど意味をなさないまま、一日が終わった。現国の時間だったか、翼が先生に指名され、素っ頓狂な返事をして笑われていたが、あいつもまた、何かを考えていたのだろうか？

放課後、意を決してまずはその翼に、それから華と美鳥に声をかけた。少し話がしたいので付き合ってくれ、と。全員が、やっぱり何か思うところがあったのか、ふたつ返事で了承してくれた。

四人でぞろぞろと佐々良神社に向かう。そこならベンチもあって、話がしやすいと思ったのだ。

途中、誰も何も言わなかった。お調子者の翼でさえ、何事かを一心に考えている風だった。

「――えっと……」皆を誘った手前、僕から口火を切ってみる。けれど、考えがまとまっているわけではなかった。「少し長くなるけど、聞いて欲しい話があるんだ。まずはそれを全部、聞いてくれないか」僕は一同を見渡し、話し始めた。

「まず大前提として、僕は幽霊を視《み》ることができる」

きっぱり言い切ると、皆はさすがに驚いたような顔をした。しかし誰も揶揄《やゆ》したり、否定の言葉を口にする人はいなかった。

最初の一番高いハードルを越えたと、少しほっとする。今初めて、母以外の人に告白したのだから。

僕は続いて、幽霊と言っても別に恐ろしかったり危険だったりする存在ではないこと、たまたま彼らを視ることのできる自分が、ときおり彼らの願いを叶えてあげたりしていることを説明した。

三人は、おそらく急におかしなことを言われて戸惑っているだけなのだろうけれど、やはり何のリアクションもなかった。まずは全部聞いてとは言ったものの、少しいたたまれないような気持ちにもなりながら、僕は一人、自分の話を続けた。

「僕が初めてはるひって女の子に会ったのは、覚えてる限りじゃ、小学校入学前の春だった……」

僕の違和感の根っこは、すべてそこから派生したものである以上、そもそもの始まりから話すべきだと思ったのだ。

殺された赤い服の女の子の話になると、美鳥が小さく声を上げ、手で口を覆った。それきり、泣きそうな顔になっている。次いで、ある夏の肝試しの話になると、翼がなんとも言えない表情で、しきりに「あれ？」と首を傾《かし》げ出した。やがてたまりかねたように話を遮って言った。

「ひょっとしてさー、その話、俺、登場してるみたいなんだけど？」

これには不意を打たれて驚いた。言われて考えてみれば、該当者は一人しかいない。

「え、あ、漫画家のおじさんと一緒に来た男の子？　あれ、翼だったんだ」

あれからもうずいぶん経って、背だってだいぶ伸びている。第一顔を合わせたのは夏の夜のわずかな時間だ。再会に気づけるはずもなかった。

「うん、あの人、俺の遠い親戚の叔父さんな。あれでけっこう有名でさ、わりと自慢なんだけど……あんま、人に言ったことねえや」

「どうして？」

「う……ん。どうしてかな」翼はわずかに眉をひそめた。「なんかさ、人に言おうとすると、今もそうだったんだけど、なんか心にブレーキがかかるんだよ。なんか……人から罵《ののし》られるイメージがさ、ぶわっと、こう……ヒトゴロシの親戚って、さ……」

「……今日言ってたよな、おまえのおじさんが、小さい女の子を殺した夢を見るって」

「その小さい女の子が、私だね」

泣きそうな顔のまま、美鳥がつぶやく。

「やだちょっと、みんな、なに言ってるのよ」華が妙に明るい声を出した。「夢の話でしょ。ただの、夢の話。美鳥ちゃんもそんな暗い顔、しないの」

「でもつながってるよ、華ちゃん。別の人間が別々に見た夢が、どうしてつながってるの？」

美鳥の問いに、僕も荷担する。

「それに僕の場合、夢じゃないんだ。実際に経験したことが、いきなり、無かったことになったんだ」

幼い子供だったから、とか。ずいぶん前のことだから、とか。自分の記憶違いだと決めてしまえる要素はいくつもある。

けれど、はるひという不思議な少女との邂逅《かいこう》と、その後の何度かの再会が、僕の記憶を強烈にクリアにしていた。それはもう、ワイパーで拭《ぬぐ》ったようにくっきりと、思い出はぼやけず、褪《あ》せず、風化もしない。

「――君だよ、はるひ」そう呼びかけてしまってから、間違いに気づく。「ごめん、君は浅見華だ。だけど、君なんだ。バラバラだったはずの僕たちを、夢だとか、幽霊だとか、そういう第三者の目に見えないもので繫いでいるのは、確かに君なんだよ」

「……あの肝試しに来た女の子、確かに華ちゃんに似てた気がする。可愛い子だなって思ったし。男の方はよく覚えてないけど」

と翼が言えば、美鳥もつぶやく。

「……やっぱり見れば見るほど、私が会った人に似ている……歳は全然違うけど」

「そう言われても……」

華は少し怯《おび》えたように立ち上がった。そんなつもりはなかったが、三人がかりで問い詰める格好になってしまった。それを謝ろうとしたとき、ふいに傍らから声をかけられた。

「おや、華ちゃんじゃないか」

人の良さそうな中年男性が立っていた。

「どうした？　こんなところで……」

傍からも少し様子がおかしく見えたのだろう、彼はちらりと僕らを見やった。

「山川《やまかわ》さん……」華は咄嗟《とっさ》に笑顔を作った。「なんでもないんですよ、学校帰りに友達と話してただけです」

「そうかい。華ちゃんがもう高校生とは、大きくなったもんだねえ。入学祝いをしないとな。

今度また、お母さんの調子がいいときにうちにくるといいよ。晴美《はるみ》も喜ぶだろう」

「ありがとうございます。母にも伝えます」

華の顔には、作ったものではない嬉しげな笑みが浮かんでいた。

「じゃあね」と片手を上げて歩き出した男の人の後ろ姿を見て、あっと思う。

その背には、茶色い鞄《かばん》が背負われていた。

僕はその鞄に、確かに見憶えがあった。

「猫のおじさん」

思わず大声が出た。おじさんは立ち止まり、ちらりと振り返ったが、首を傾げてまた歩き出してしまった。

たぶん、僕のことを忘れたか、覚えていてもわからないのだろう。あのときまだ僕は小学生だったから。

確か、秋だった。はるひ野にはススキやセイタカアワダチソウが生い茂り、そしてたぶん、この佐々良神社は金色の銀杏の葉で覆われていた。

またひとつ、繋がった。あのおじさんと、華とは知り合いなのだ。

「華ちゃん。あの人は誰？」

語調が強かったのか、華は気圧されたような顔をした。

「あの人は山川先生よ……佐々良大学で薬の研究をしている人よ。奥さんが、母の親友なの。

とてもお世話になっているわ」

「僕ははるひに言われて、結果的にあの人と関わったことがあるんだ。奥さんにも会ったことがある。家も知ってる。美容院をやってるだろう？」

華は息を呑み、僕の言葉の正しさを裏づけた。

「佐々良大学……山川……」翼がこめかみに人差し指を当てた。「何か、聞いたことあるようなないような……」

「誰から？」

僕が尋《たず》ねると、「うーん、忘れた」との返事。けれどここもまた、つながっている可能性が出て来た。

ふいに美鳥が僕をじっと見て言う。

「ユウスケ君と私も、ヨルのことでつながってる」

「俺だってつながってるしー。めっちゃ協力したしー」

横から翼が子供みたいな口調で言い、美鳥がくすりと笑った。

「うん、ありがとう。感謝してるよ」

「美鳥ちゃんとヨルのことはよく覚えていたけど、まさか君があのときはるひ野で……」

十年前に殺されていた女の子だったなんて、という言葉を飲み込む。

どう考えてもそれはおかしい。そんな事実も無い。堂々巡りだ。

けれどはっきりしていることがひとつある。

「――僕たちと、周辺の人たちの、よくわからない繋がりはすべて、はるひの意志で生まれたんだ……」

明確で、たぶんとても強い意志。

「でも私ははるひって人じゃない」突然、華が高い声を上げた。「そんな人も知らない。みんなのことも、知らなかった。みんなが何を言っているのかわからない……私には……記憶が無いの……」

5

わたしたちの結婚生活は、長くは続かなかった。と言っても、私たちの情熱が冷めたわけでも、恋が終わったわけでもない。

硬く冷えたのはユズルの身体で、終わったのは彼の命だった。

絶望はしなかった。彼はわたしに、新しい生命をプレゼントしてくれていたから。

わたしには仕事があったし、友達もいた。その上子供がいれば、生きていくには必要充分だった。ユズルにはいつかまた、絶対に会える。天国だか極楽だかあの世だか、そんなようなところで。

楽天的にそう信じることができたのは、わたしにある力があったからだ。

誰にも言ったことはない。言って信じてもらえる類のものではないから。

わたしは死者の存在を、感じ取ることができるのだ。

それに気づいたのは、実母の死後だった。母が突然いなくなっても、わたしがパニックに陥らずに済んだのは、ひとえにこの力のおかげだ。亡くなったはずの母が、すぐ側にいる。そしてわたしをとても案じている。

理屈ではない。本能的にわかったのだ。

世の中には、人並み外れて嗅覚が鋭い人がいる。普通人には聞こえない音域の音を、聞き取れる人もいる。通常よりはるかに多い色相を、識別できる人もいる。それと似たようなものだ……と言っても、納得できる人はいないだろう。証明などできないし、納得してもらおうとも思わない。大多数の人にとって、視えないもの、触れないもの、感じ取れないものは、そこに無いも同然なのだから。

後に、わたしなど比べものにならないくらいの能力を持っている人がいることを知ることになる。これだから人間は面白い。

ともあれ、ユズルは死後もしばらくわたしたちの側にいてくれた。だから落ち着いて、これからのことを考えることができた。わたしたちは大丈夫だと、ユズルを安心させることもできた。

ユズルは、少しだけ先に行って待っているから、君は後からゆっくりおいで……そんなイメージをわたしに残して、去って行った。

涙は、出なかった。

世界も人間も、味わい深くて面白くて興味が尽きない。日々の暮らしは、常にわたしに新たな驚きと発見をくれる。中でも、大きな喜びを伴ったそれをもたらすのは、いつだって我が子だ。

空へ。少しでも光に近い方へと高く伸びる植物と、子供の成長はとても似ていると思う。

少しでも遠くへ。そして遥かな未来へ。子供は健やかに、伸びやかに、前に進んでいく。

未来とは、子供たちなのだと。子供たちこそが、未来なのだと。子供の目方が増え、背丈《せたけ》が伸びるたびに、強くそう思う。子供はわたしが見ることができない、輝く未来を見るだろう。わたしが行くことができない、広い世界を知るだろう。親の役目は、少しでも長く、その後押しをすることだ。宇宙飛行士を月まで送り届けるために、喜んで切り離されるロケットとなることだ。

少しでも遠くへ。そして遥かな未来へ。

わたしはそれを、どこまで見届けることができるだろうか……。

6

「──私には……記憶が無いの……」

そう叫ぶなり、浅見華は踵《きびす》を返し、佐々良神社の階段を駆け下りて行ってしまった。

美鳥は「華ちゃん」と叫び、後を追うか残るか迷う素振りを見せた。

「何か、詰め寄るみたいになっちゃったかな」

気まずげに、翼もつぶやく。美鳥は華を追うのを諦め、僕をじっと見た。

確かに、華にとってはただただ薄気味悪い話に違いなく、その場にいたたまれなかったのだろう。彼女に悪いことをしたな、あまりにも性急すぎたなと思う一方で、気になることがあった。

「――記憶が無いって言ってたな」

「え、なに？」

翼が怪訝そうに聞き返す。

「華ちゃんだよ。普通さ、全然身に覚えがないって意味なら、記憶に無いって言わないか？」

「細かい奴だなー。大して違わないだろ」

「いや、全然違う」

「頑固な奴だなー」呆《あき》れたように翼は言った。「それよかさあ、やっぱあれじゃね？　華ちゃん、おまえにどん引きしたんじゃね？　堂々と幽霊が視えるとかさー」

「それはみんなにもう信じてもらえたって前提で話していたんだけど」

翼はぶるぶる顔を振った。

「いやそれまだ全然信じたわけじゃないし。そういうこと言って人をビビらすの、趣味わりーし。はっきり言って、気味わりーし。そーゆーこと言われても、俺、無視するしー。昔っから、そうやってスルーしてきたからね」

「……昔、誰かに言われたのか？」

そう尋ねると、翼はいやあな顔をした。

「昔、叔父さんが……。いやあのね、別に幽霊が視えるって言ってたわけじゃないんだよ。ただ、死んじゃった奥さんがまるですぐそこで普通に暮らしてるみたいなこと、言ってたわけよ。俺のオフクロとかさあ、そっとしとけっつってたよ。哀《かな》しくて現実が直視できないだけだからって。時間薬なのよ、とかさあ……まあ実際にね、言わなくなったんだよ、そのうち。あるときから、ぴたりとね」

「……それ、漫画家の叔父さんのことだろ。言わなくなったのは、肝試しの後しばらくしてから」

翼が、何で、という顔でこっちを見た。翼は顔に出やすくて、とてもわかりやすい。

「翼の叔父さんが言っていたことは、事実だよ。あの場にはその奥さんと、もう一人子供の幽霊がいたんだよ。僕は奥さんの幽霊に頼まれて、あの肝試しに参加したんだ」

「えー、それは……そんなのって……そんな肝試し、洒落《しゃれ》にならなさすぎる……ホンモノが出てくるとか、卑怯だろ……」

翼はとてもわかりやすく青ざめている。なんだかんだで、けっこう信じてくれてもいる。

一方、美鳥は表情の読めない顔で静かに僕らの会話を聞いていた。そして独り言のようにつぶやく。

「ユウスケ君はいいね。私にも幽霊が視えたらなあ……そうしたら、お祖父ちゃんにまた会えるのに」

彼女の口調は淡々としていたが、どこか、ずいぶん昔の母の様子を思い起こさせた。

心底羨ましそうに、『羨ましいわ』と言っていた母を。

僕の少し特殊な能力は、ある一定の人々から、強い羨望の対象となるのかもしれなかった――とても大切な誰かを亡くした人々の。

「残念だけどね、僕にも君のお祖父ちゃんは視ることができないんだ。僕は残っている人たちにしか会えないんだよ。君のお祖父ちゃんは残らなかった。君も残らないで、二人でさっさと行ってしまった」

古いヘンテコなバスに乗って。

あんな亡くなり方をしたのに、二人とも、残らなかった。だからなおさら、穏やかに眠るように亡くなったという美鳥のお祖父さんは、残ったりはしていないだろう。

残る、残らないの規準はどこにあるのか。それはわからない。恨《うら》みや未練も関係しているのかもしれないけれど、どうもそればかりでもない気がする。やっぱり、それぞれの持って生まれた資質みたいなものがあるのかもしれない。

「……あのさあユウスケ。おまえはそうやって当然みたいに、十年前に美鳥が……殺されたって前提で話してるわけだけどさあ、そのこともだし、俺の叔父さんがその犯人とかさあ……実際、現実にはそういうことは全然、まったく、無かったわけでさー、どう考えても」

翼のぐたぐたした言葉に、思い切りかぶせて僕は言った。

「どう考えても、おかしなことは十年前の春の出来事から始まっている。僕がはるひに会ったときから」

様々な違和感も。わけがわからないまま、僕が動いてきたことの意味と、その結果も。答えはすべて、はるひとはるひ野にある。

そう思えて、ならなかった。

「……そしてどう考えても、鍵を握っているのは華ちゃんだ……けど、もう聞けないな、彼女には」

「そーそー、しつこい男は嫌われるぞ」

翼が混ぜっ返した。

「今、ふと思ったんだけど……」ふいに美鳥が言った。「私が前に会った女の人。遠い未来からやって来た未来人だって言ってたけど、それ、ウソなんじゃないかなって」

「いやそれ、考えるまでもなくウソでしょ。口から出任せでしょ。間違いなく騙されてるよね、おまえ」

茶化すような翼の言葉を、美鳥はきれいに無視してのけた。

「あのね、遠い未来じゃなくて、けっこう近い未来。あの人は、未来の華ちゃんだったんじゃないかって思えてきたの……」

一人納得したように、うんうんとうなずく。

「未来の華ちゃん、かあ……」僕はそっとため息をつく。「それなら現在の華ちゃんが何も知らないことに説明はつくけど……問題は、過去の華ちゃんなんだよなあ……」

「……おまえらの会話、ビミョーにキモいんですけど。自覚して？　ヤバイよ、戻ってきて？　頼むからさあ……」

「美鳥ちゃん。その女の人とのこと、もう少し詳しく教えてくれないかな。亡くなったおじいさんのことも」僕は美鳥にそう頼んでから、スルーかよ、と騒ぐ翼にも向き直る。「翼にも頼む。できれば、その漫画家の叔父さんに会わせてもらえないかな……あの肝試しのときにいた男子だって伝えてもらって」

とにかく一度、はるひとの思い出をたどってみようと思った。そこには必ず、はるひが書いた物語があった。その登場人物に、会えるだけ会ってみたいと考えたのだ。

思いがけないことに、翼の叔父さんである塩山幸夫《しおやまゆきお》氏には、すぐさま会うことができた。翼がその足で案内してくれたのだ。仕事中とのことで、少し迷惑そうな顔をされたが、佐々良大学の山川先生について尋ねると、「ああ、知っているよ」とだけ答えてくれた。「そういや、前に寄附がどうとか……」と翼が口をはさんだら、「子供がどうこう言うようなことじゃない」と、ぴしゃりと言い、塩山氏は仕事場に引っ込んでしまった。

翌日、学校で会った華は、仕方のないことだが少しよそよそしかった。せっかく仲良くなってきたところだったのにな、とがっかりしていたら、帰り際、四つに畳んだ紙を手渡された。そのままさっさと行ってしまったので、もらった紙を開いてみた。

『母が会いたいそうです。下記の場所まで一人で来て下さい、とのことです』

そう記されていた。

その病院は、佐々良から電車で十五分くらいの場所にあった。

受付で面会の手続きをしてから、面会バッジをつけて四階に向かう。

なぜ、華の母親が僕に会いたがっているのか。会ったこともない。華とだって、まだそこまで親しいわけでもない。しかも僕一人で、という条件付きだ。

華に尋ねてはみたが、素っ気なく「知らない」と言われた。教えて欲しいのは私の方だ、とも。

彼女にしてみれば、いきなり身の回りの人間がいっせいに、自分にだけ内緒の話をし出したようなものなのだろう。そりゃあ居心地悪いに決まっている。後にサプライズパーティでも控えているならともかく、僕だってできれば華に嫌な思いはさせたくない。

だけど僕にしても、わけがわからないレベルでいけば似たようなものだ。

なぜ華のお母さんが……。

ほんのわずか。砂粒一粒分の「もしかしたら」という思いは上着の埃《ほこり》と一緒に払い落とした。予断も不安も、ひとまず横に置いておく。今は邪魔なだけだ。

僕は大きく息を吸い、教えられた病室のドアをそっとノックした。

7

わたしは父親であり、母親だった。

一家の稼ぎ手であり、家事の担い手であり、子供の唯一の保護者でもあった。頼れる人は、誰もいなかった。ただ無我夢中で、わたしは常にスーパーマンであろうとした。

忙しいとか、疲れたとか、自分の時間がないとか、そういうネガティブな言葉は自分に禁じていた。言っても仕方のないことを言うよりは、笑ったり、鼻歌を歌ったり、子供をぎゅっと抱きしめたりする方がずっと良かった。

無理をしているという意識はなかった。日々はとても充実していた。生きているという、実感もあった。

確実に、着実に、積み上げているのだと考えていた。それはたとえば、わたし自身のキャリアだったり、将来のための貯蓄だったり、母と子の間の信頼関係であったり。もちろん、子供の健やかな成長だったり。

未来は豊かで明るいのだと、疑いもなく考えていた。多くの人と同じように、暢気《のんき》に信じていた。我が身に想定外の災厄なんて起こりっこないさ、と。一部の不幸な人に訪れる悪いことは、わたしだけは避けてくれるに違いないと、楽観していた……何の根拠もなく。一番身近で最愛の存在が、突然訪れた災厄によって命を落としていたというのに。

いや、だからこそ、か。最悪のことはすでに起こってしまった。だからもう大丈夫。わたしには大切な仕事がある。子供を幸福な人生へと導く、という役目が。

突然、足許が崩れるように日常が壊れることがあるのだと、やがてわたしは身をもって知ることになる。

8

「――失礼します」

かすかに、どうぞ、という声が聞こえたようなので、病室に入った。二人部屋で、ベッドのひとつは空いている。反対側のスペースには、白いカーテンが下がっていた。そのカーテンの前に立ち、もう一度声をかける。今度ははっきりと「どうぞ」と、女性の声が聞こえた。聞き覚えのない声だった。同時に、何か機械が作動する音も聞こえる。そっとカーテンを開けた。

初対面の女の人が、そこにいた。

年齢はたぶん、僕の母と同じくらい。痩せた手に何かのコントローラーみたいなものが握られている。どうやら、ベッドの背を起こしているらしかった。

「あの……浅見エマさん、ですよね」入り口のネームプレートで確認してある。「……華さんのお母さんの」

とつけ加えたのは、蛇足というものかもしれなかった。背中まである赤いウェーブのかかった髪、白い肌、大きな瞳……。この親子は、とてもよく似ていた。

「また会えたね、ユウスケ」

そう言いながら、彼女は右手を差し出してきた。その腕には、点滴の針が刺さり、テープで留められている。

少しためらってから、その痩せた手をそっと握った。

その瞬間。

たくさんのイメージが、頭の中にわっと流れ込んできた。

川にうつ伏して死んでいた、赤いワンピースの女の子。ベンチの上で座ったまま、亡くなっていたおじいさん。大騒ぎになった佐々良。真っ青になった母。救急車。パトカー。上空を騒がす、報道ヘリ。

はるひ野。はるひ野。はるひのいない、はるひ野。

春が来て、夏が来て、秋が来て、冬が来て、ふたたび、春が来て……。

そして、はるひがいるはるひ野。僕の手を引いて、走り出したはるひ。

まるで万華鏡のように、たくさんの映像が、浮かんでは四散して消える。僕が実際に目にしたもの、そして目にしなかったもの。

満開の桜の下で泣いていた女の子。

羊の入ったフラスコと、幽霊のイッサ。

僕が女の子の手を引き、電車で駆けつけた遠くの病院。そこで息を引き取ろうとしていたのは、誰だ？

——きっと会いに行くね。

そう言い残して死んでいったのは、誰だ？

世界が震え、目の前がぐるぐる回った気がした。今、確かなのは、僕の手の中の、乾いて暖かな手の平だけだった。

気がつくと、僕の頬を涙が伝い落ちていた。

泣いていたのは、華なのに。そんな記憶も、今までの僕にはなかったのに。

濡れた頬とは反対に、喉はからからに渇いていた。その喉から懸命に、僕は言葉を絞り出す。

「――あなたが……あなたが、はるひだったんですね」

声は不格好にかすれ、ひび割れていた。自分で口にしたはずの言葉の意味が、実は半分も理解できていなかった。

だってそれは、おかしなことだ。あり得ないことだ。道理にも合わず、唐突で、馬鹿げたことで……。

けれどどう考えても、答えはそれしかないのだ。

僕は突っ立ったまま、この不可思議な数式の回答欄に記入できる、別な答えを探し続けていた。もっとまっとうで、納得できる回答はないものかと。

けれど、どうやったって見つからない。思考は慌ただしく駆けめぐり、結局はぐるりと一周して同じ場所に帰ってきてしまう。

この、目の前に横たわる中年の女性こそが、はるひなのだと。

内心の混乱とは別に、馬鹿のように硬直して突っ立っている僕に、エマさんはにこりと笑いかけ、すっと手を引いた。

彼女の笑顔を見て、僕は確かにこの微笑みを知っていると、改めて思う。思うけれども、やはり事態は謎のままだ。

エマさんは自由になった手で、病室の片隅を指差した。

「あの冷蔵庫に飲み物が入っているから、出してくれるかしら。上に紙コップもあるわ。そこに座って、取り敢えず喉を潤して。少し……長い話になるから」

僕は言われたとおり、ペットボトルのお茶をふたつのコップにつぎわけ、ベッド上の可動式のテーブルに載せる。そして勧められた椅子に座り、お茶をひと息に半分ほど飲み干した。

少し落ち着いた僕を見て、エマさんがまた、ふわりと笑って言った。

「さあ、どこから話しましょう？」

一瞬言葉に詰まってから、僕は言う。

「……初めから」

「初め……そうね、ユウスケと初めて会ったのは、やっぱり病院だったわよね、ここと は別の。華と一緒に駆け込んできたユウスケを見たときの気持ちは、なかなかひと口には説明できないわ……まずね、ああ良かったって、そう思ったわ。わたしがいなくなっても、華にはこの子がいるんだってわかって、とても嬉しかったの。それからね、すごくもどかしい気持ち。ああ、この男の子のことを知りたい、色んなことを語り合いたい、そう思ったの。それは、あの状況ではとても無理なことだったわけだけど。とにかく土壇場でのあなたの登場は、とても大きな安心をくれて、同時に、同じくらいに大きな未練も与えたの」

「……だから幽霊になった？」

「そうね、わたしにはその才能があったのね。もともとわたしは死者の存在を感じ取る力はあったのよ。ユウスケの能力には遠く及ばないものだったけれど。でもね、死んだ後だか、それとも死ぬ瞬間だかにね、自分でも思ってもみなかった力が使えたの。多分、ユウスケの登場が引き金になって」

「過去へと旅する力、だよね」

僕の言葉に、エマさんはにっと笑った。

「半分、正解。正確には、魂が時間を自由に行き来する力、よ。人間、死ぬ前に走馬燈のように来し方を見ると言うでしょう？　そのとおりのことが起こったの。そしてわたしの場合、行く末までもが見渡せたの。命が尽きる直前の、最後の火花みたいな力の発動ね。ねえ、ユウスケ。わたしはね、間違った未来を正したかったのよ」エマさんは笑った顔のまま、ひどく挑戦的な眼差しになって言った。「これから話すのは、わたしがとんでもないエゴイストだってことの告白よ。

わたしの目的はただひとつ。ある薬が、少しでも早く開発されること。わたしは未来でね、自分の死後まもなく、その薬が完成するのを見てきたの。わたしの親友の旦那様が薬の研究をしている人で、そのご縁から、わたしの病気を治す方法を、ずっと考えてくれていたのよ。そしてついに見つけた。わたしは未来の雑誌で、彼のインタビュー記事さえ見てきたわ。わたしのことを持ち出して、『もっと早くこの薬ができていれば……』と言ってくれていた。本当にそうなの。何もかも、遅すぎたのよ。その未来を見たわたしは、利己的極まりない理由で、過去改変の旅へと出かけた……偽名を名乗ってあなたを利用し、そして娘の身体を利用して、ね。どんどん、時を遡《さかのぼ》っていったの。間違いを正せるポイントを探して」

「……やっぱり、僕が会っていたのは、華ちゃんの身体だったんだね……エマさんが乗り移った」

僕がちらと考えていた可能性は、このことだった。

かつて母から聞いたことがあった。亡き父が、乳飲み子を抱えてあまりにも頼りない母を案じ、色んな人に乗り移って母や僕を助けてくれたのだと。乗り移られた人は、父に乗っ取られていた間の出来事はきれいに忘れていたのだと。

華にも同じことが起こっていたのだとすれば、辻褄《つじつま》は合う。だから「記憶が」なかったのだと。まさか、取り憑《つ》いていた幽霊の正体が、未来からやって来た母親だったなんてデタラメすぎる予想はできなかったけれど。

だけどそもそも、幽霊だってデタラメな存在だ。理だの科学だのから逸脱した、正体不明なシロモノだ。

「過去のわたしか、過去の華か。そのどちらかにしか乗り移れなかったの。本当はね、大人のわたしが動けていれば、もっとずっと簡単なことも多かったのだけれど。でも、一度に乗り移れる時間は、とても限られていたの。改変の主な鍵はすべてはるひ野にあったけれど、過去のわたしは必要な時期、遠い場所にいることが多かった。夫の実家からは、娘一人なら来てもいいと言われてて……子供には、母親だけじゃなく祖父母や親戚の愛情も必要でしょう？　だからお盆とか、春休みとか、冬休みとか、そんな折々に、できるだけ連れて行っていたの。華が佐々良にいて、ある程度自由に動けるときと、未来を変えることができるタイミング、そのふたつがぴったり合うポイントは、とても少なかったわ。その限られた時間で、何度も何度もやり直した。それでもどうしても無理だったとき、あなたに助けてもらったの。改めてお礼を言わせてね、どうもありがとう」

そこまで話して、さすがに喉が渇いたのか、エマさんは紙コップのお茶をゆっくり飲んだ。

「……中学のとき、美鳥の前に現れたのは……」

どう表現すればいいか迷って言葉を濁していると、エマさんが終いをひきとってくれた。

「過去に跳んだ方のわたし。だから、未来人だというのは、あながち嘘じゃなかったのよ」

色々嘘はついちゃったけど、とエマさんは後ろめたそうにつけ加える。それから顔を上げ、僕をまっすぐに見た。

「ほんとに最低でしょ、わたしって」

僕はお茶をもうひと口飲んでから言った。

「最低だ、と言って欲しそうですね」

「あら、そう聞こえた？」

エマさんは笑い、傍らの物入れの引き出しを開けた。中から出て来たのは、古い懐中時計だった。

「母の遺品よ。華にずっと持たせていたの……お守りの代わりに」

十年前の春、この時計を手に、「マ・キ・モ・ド・シ」と呪文のように唱えていたはるひを思い出す。

あれは別に、やる必要のないことだった。幼かった僕に対するパフォーマンスとしての意味はない。壊れた時計に、本来の用途としての意味もない。

ならば本当に、あの時計は当人が言うようにお守りとして抱えていたのだろう。あの奇妙な呪文は、祈りのようなものだったのだろう。

だけど、それならば……。

「――ねえ、ユウスケ」穏やかな声で、エマさんは僕の思考を遮った。「ここは改変後の……二周目の世界なの。でもそれはわたしや、わたしが干渉した人たちにとっての話で、大きな流れは変わっていないはずなのよ。大きな川の流れそのものを変えるのは難しいけれど、川に浮かんだ葉っぱをすくい上げたり移動させたりするだけなら、とても簡単でしょ。もちろんその程度の変化じゃ、川の流れにはなんの影響もない。浅瀬にひと抱えもある岩を投げ込んでみたところで、その瞬間はしぶきも上がるし、渦ができたりもするでしょうけれど、その影響はごくごく一部のこと。もう少し大きな手を加えて、たとえば用水路を作ったとするでしょ？　でもその水は、結局はまたもとの川に合流するの。だって水はただ一方へ、低い方へだけ、流れていくものなんだから。いくら流れに逆らって遡ったとしても、結局また似たような場所に流れ着くわ」

「だけどあなたは、間に合うように薬を開発させることに成功したんでしょう？」

少し意地悪な言い方になってしまったかもしれない。けれどエマさんは柔らかく微笑んだ。

「そうね、間に合ったし、成功したわ。蛇《へび》がとてもやっかいだったけど」

「蛇？」

「さっきも言ったでしょ？　山川先生……あ、薬の研究をされてる方だけど、その人のインタビュー記事を見たのよ……未来でね。彼は言っていたわ。自分はこの病気で大切な友人を亡くした。本当なら、もっとずっと早く薬を完成させられていたはずなのに、悔やまれてならないってね」

エマさんの説明によると、彼女の病気は一種の免疫系疾患である。病気が進行すると、患者自身の免疫細胞が自分の身体に対して苛烈な攻撃を始め、最終的には多臓器不全で死に至る。症例がごく少ないために、なかなか治療法も確立されてこなかったのだが、山川昭文《あきふみ》博士はこの病気が、特定のアミノ酸を破壊してしまう遺伝子変異によるものであることを突き止めた。

必須アミノ酸はヒトの体内で作り出すことができない。従って、欠けているアミノ酸を突き止め、投薬という形で継続的に補えれば、この病気を治療することが可能ということになる……理論上は。

実際には他の要因も複雑にからんでいたため、治療は容易ではなかった。山川博士は試行錯誤の末、佐々良山系の険阻《けんそ》な山奥で見つけたある植物に注目する。この薬草から抽出した成分と、アミノ酸から合成した薬を投与すれば、病気の進行を食い止められることを発見した。

だが……。その直後に博士は、自宅のごく近くの川原に、この植物が自生していたことを知ることになるのだ。

「『青い鳥』じゃないですが、目指すものがこんなに近くにあったとはね……本当に悔いが残りますよ」と博士は語っていたそうだ。「この目的で植物の採取をし始めた頃、その場所にも足を運んでいるんですよ。その時、いきなり蛇に出くわしまして。子供の頃のトラウマで、どうも蛇が苦手でしてねえ。それでその場所をよく調べられなかったんですよ。どうせこんな人里の川原には、大して珍しい種も見つからないだろうと思ったし。ところが、違った。おそらく、山奥から流されてきた種子が、増水した折にその地に根ざしたんでしょうねえ……もし最初の時点でこの植物に行き当たっていれば。それが、心残りでならないんです。今でも蛇の夢で、飛び起きますね。そして自分を叱るんです。なぜおまえは、たかが蛇を恐れたんだ、と……」

そんなことを、山川博士は語っていたそうだ。

「……でも、はるひ野には蛇はいないって、おじいさんが言ってた……」

僕は遥か昔の記憶をたどる。エマさんはこくりとうなずいた。

「そうね、一時的に、蛇はいなくなっていた。あのおじいさん……美鳥ちゃんのお祖父様が、あそこで鷹類の自由飛行を長く頻繁にやっていたから。だけど、そのお祖父様が亡くなり、鷹も飛ばなくなった」

「それでまた、蛇が戻ってきた？　まるで、風が吹いたら桶屋が儲かるみたいな話だね」

「本当にね」とエマさんは笑う。「お祖父様の死の原因は、孫娘が殺されるところを見てしまったこと。なら、美鳥ちゃんを救えばいい……でも、これはとても難しかったわ。下手をすると、華が殺されてしまうんですもの。ユウスケがいなければ、とても無理だったわ。どうもありがとう」

「……いつだったかの秋に、猫の幽霊の頼みを聞いてやったのは、山川博士をここに連れてくるためだよね。だけどそれ以外がわからない。あの肝試しは何のため？　美鳥の鷹を自然に還したのは、何のため？」

少し強い口調で尋ねると、エマさんは涼やかに僕を見返した。

「わたしの過去への旅は、極めて個人的なエゴイズムから始まっているでしょう？　エゴイストは、お金のことにも抜け目がないわよ。充分な医療保険にだって、発病前のタイミングでばっちり加入しておいたし。それから以前、ユウスケのお母さんが本を出されたでしょう？『佐々良みちくさ散歩』」

　思いがけないことを言われて驚いた。

　何年か前から、母は仕事関係のつてで地元のミニコミ誌にイラストエッセーを書いていた。食べられる野草だの、おばあちゃんの知恵袋的なことだのだが、僕が読んでもけっこう面白かった。それがある出版社の目に留まり、あれよあれよという間に本になった。発売直後、ローカルテレビで紹介されるという幸運に恵まれ、母子家庭にはありがたすぎる臨時収入となった。何と、二作目の話までもらっているという。

「どうしてそんなこと知って……まさか……」

「そのまさかよ」エマさんはにやりと笑った。「だってユウスケがアルバイトに明け暮れていたんじゃ、こき使えないでしょ？　わたしの人脈を駆使したら、案外すんなりいったわ……もともと、お母様の作品が良かったからだけどね」

「二の句が継げないよ」

　返す言葉もない、は間違いだ。エマさんはふっと笑って続けた。

「ユウスケの知らないところでは、漫画家の塩山幸夫さんが、山川博士の薬の開発のために、多額のお金を寄附して下さるようにも動いているのよ。あなたも含めて、たくさんの人を利用したわ。だからせめて、色んな筋は通しておきたかったの。わたしが干渉したせいで、誰かが怪我をしたり不幸になったりするのは以《もっ》ての外だし。関わった人には幸せになって欲しいし、旅の途中で誰かを救えるものなら、みんな救いたかったし。だって、ものはついでと言うでしょ」

そう言って、エマさんは悪戯《いたずら》っぽく微笑む。

「わたしのエゴの結果、色んなことが一周目とは変わってしまったわ。あなたたちの学校ひとつとっても、校則が少し自由だったり、クラスの顔ぶれが少し違っていたり、ああそうだ、イッサもいないわね。

昔、一度だけ、亡くなった夫と佐々良に行ったことがあったんだけど……彼のご実家に結婚の報告に。歓迎されたとは言えないわね……。その時、二人ではるひ野にも行ったわ。そこから駅に向かうタイミングに、跳んだの。まだ若かったわたしの身体にね。最後に一目、生きていた頃の夫に会いたかったし……そして二人で佐々良高校に行ってきたの。イッサのことを伝えたら彼は信じてくれて、そして大声で叫んだわ。

『どうだ、羨ましいか。俺はこの子と結婚するんだぞ。あっさり死んじまいやがって、バカヤロー』って。

そうしたらいきなり突風が吹いて、砂埃が舞い上がったわ。そしてふっと、イッサの気配は消えたの。それを伝えたら、ユズルさん……夫はほっとしたみたいな顔をして、なのに口では『あの馬鹿、砂埃が目に入っただろうが』なんて憎まれ口を叩《たた》いていたわ」

エマさんの口から聞く、彼女の亡き夫と、一周目では僕の友達だったという幽霊の話は、僕には何だかとても複雑だった。それを知ってか知らずか、エマさんは流れるように話し続ける。

「とにかく、たくさんの変化はあった。わたしが直接関わったこともあるし、そうじゃないこともある。無関係の人たちにとっては、特に意味のない変化がね。だけどね、ユウスケ。わたしがとても残念に思っている変化があるのよ。一周目と二周目とでは、決定的な変化が」

エマさんはそれが何かは言わなかったが、うっすらと僕にもわかっていた。そしてエマさんほどには僕はそれが残念ではなかった。それよりも、確認したいことがあった。

「そんなことよりも、エマさん。あなたはやっぱり、エゴイストの大嘘つきだ」

エマさんは大きく瞬きをした。

「否定はしないけれど、急に、どうして？」

「だってまだ、大事なことを隠している。その時計はお守りだって言いましたよね。華さんにずっと持たせていたって。それがどうして今はここにあるんですか？」質問の形を取りながら、すぐに続けて僕はその答えを言う。「それは、今のエマさんにこれが必要だからじゃないんですか？　僕を呼んだのも、また助けて欲しかったからじゃないんですか？　ずっと前から、何度も、何度も、僕に手助けを頼んだじゃないですか。まだ何かあるんでしょう？　今さら遠慮なんてなしだよ、助けてって言ってよ、はるひ」

思わずその名前が口から飛び出し、自分でもはっとした。エマさんは……はるひは、大きな目をいっぱいに見開き、それから無理やりみたいに微笑んで見せた。僕が幼かった頃から、何度となく見てきた笑顔。それが、ふいに歪《ゆが》み、大きな眼からひと筋の涙がこぼれた。

「……助けて、ユウスケ」

ささやくような声で、はるひは言った。

「わたしはこれから、人生最後の時をまたくり返すの。自分がどんな風に痛み、苦しみ、弱っていくか知ってるわ。ユウスケ、わたしは最初の死はそんなに怖くなかったの。とても、無念ではあったけど」

「ちょっと待って。どうしてはるひが死ぬのさ。薬は間に合ったんだろう？　でなかったら一体、何のために……」

「あの薬が一番有効なのは、発病前なのよ。発病とはイコール、既に多くの臓器が攻撃されているということ。いくらシロアリを駆除したって、一度ボロボロに食い荒らされた木は元通りにはならないでしょ？　同じことよ」

あまりにショッキングな言葉に、僕は口を開けたまま、何も言うことができなかった。

「……わたしの病気はヴィレッジ症候群というのだけどね」まるで子供への読み聞かせみたいに、落ち着いた声ではるひは言う。「元はイギリスの小さな村の名前がついていたの。わたしの故郷の村。初めはね、風土病だと思われていたんだけど、だんだん、一定の確率で親から子に遺伝する病気だってことがわかってきたの。わたしの母が早くに亡くなったのも、きっとこの病気のせい」

「……じゃあ、はるひが過去に旅したのは……華のため？　はるひが見た間違った未来っていうのは……」

相手は苦笑めいた笑みを浮かべた。

「さっきも言ったでしょ。単なる個人的なエゴよ。わたしがあの子の前から消えてしまうことは、そんなに問題じゃないわ。そんなものは、よくある普通の不幸でしかないもの。でも、あの子がこの世から消えてしまうなんてことは……それも、ごく若いうちにだなんて……そんなことは、許されるはずもないでしょう？　それが運命だというのなら、そんな運命はねじ曲げてやるわ。

ねえ、ユウスケ。親っていう人種はね、究極のエゴイストよ。我が子の命がかかっているとなれば、どんな道理に合わないことだって、やりかねないの。いつか、あなたにもわかる。とにかく、お守りは華にはもう必要無い……ありがたいことにね」

そう言って、エマさんは懐中時計をきゅっと握りしめた。

僕はしばらく、何も言うことができなかった。このままでは、夢の中で見た臨終シーンを、もう一度現実としてくり返すのだ。強烈な焦《あせ》りと共に、到底受け入れられないその事実を噛《か》み締めていた。

「……どうしたら、はるひを助けられる？　もう一度、過去に跳べる？　そうしたら今の僕は、どうなるのかな？」

「ごめんね、ユウスケ。もう跳べない。あれは一度きりの、ほとんど奇跡みたいなものだったの。でもね、ユウスケはもう、わたしを助けてくれたよ。充分、助けてくれた。わたしの旅はもう終わったの。体調がいいうちに、どうしても一度だけユウスケに会っておきたくて……たくさん話をしたくて、それで来てもらったの」

「一度だけなんて」僕は思わず大声を出す。「これからもずっと、来るに決まってるだろ。それに薬だって、あのおじさんがはるひのために一生懸命作ったんだから、効くに決まってるよ」

「ええ、薬はちゃんと効いてるわ。一周目の同じ時期、わたしはもっとずっとひどい有様だったもの。だから今、ユウスケに来てもらったの。今ならまだ、そんなにみっともなくないから。これからどんどんやつれていくわ。痩せ衰えてお婆さんみたいに……だからね、これっきりでいいの。はっきり言っておくわ、ユウスケ。もう来ないで。弱音も吐かせてもらったし、もう充分」

「……そんな……ことって……」

呻《うめ》くような声しか出て来ない。

「――ありがとう」胸に直接落ちてくるような、透き通った声ではるひは言った。「あなたがいてくれたから、わたしの旅は孤独じゃなかった」

幼い子供のように、声を上げて泣いてしまいたかった。だけど歯を食いしばって、耐える。はるひの前で、そんなみっともないところは見せられなかった。ここにいるのは、確かにはるひの魂だ。僕がずっと追い求めてきた、奇跡のような女の子。

「言ったでしょ、ユウスケ。わたしはとてもエゴイストなの。だからすべてを、ユウスケに告白しておきたかったの」

真っ直ぐに僕の目を見ながら、聖母のように優しくはるひは笑った。

「――ユウスケのことが、大好きだったよ。本当にどうもありがとう……さよなら」

それが、僕とはるひが交わした最後の会話だった。

エピローグ

山川《やまかわ》先生の薬は、確かにちゃんと効いていた、らしい。はるひは……エマさんは、一周目よりもおよそ半年間、長く生きることができた。容態の悪化も、ずっと穏やかで、治療の合間にはまとまった期間退院することもできた、という。

葬儀は親族のみでひっそりと行ったとのことで、僕にはエマさんが亡くなったという実感がまったくない。だから今でもはるひ野に行くと、突然後ろから「ユウスケ」と肩を叩《たた》かれるんじゃないかと思えてならない。以前みたいに、忘れた頃になってひょっこりと。以前と変わらない生き生きとした表情で、「ユウスケ、お願いがあるの」と、僕がそれを聞き届けるのがさも当然みたいな顔をして……。

なんと勝手で、強引で、慈愛に満ちたエゴイストだったことだろう？

おまけに冷酷だ、と悪口をつけ加える。幽霊としてさえ、僕の前に現れてくれないのだから。

僕の胸の裡《うち》に空洞をこしらえて、彼女はさっさと消えてしまった。きっとあのへんてこなバスに乗って、行ってしまったんだろう。なんてひどい仕打ちだと、恨《うら》めしくさえある……心底恨む気には、到底なれないけれど。

母親亡き後、華《はな》は伯父である浅見智氏《あさみさとし》を後見人として、祖父母を含む四人で一緒に暮らしている。少しずつ、普通の家族のようになっていく様子が華の言動から見て取れて、僕は嬉《うれ》しかった。エマさんもきっと、胸を撫《な》で下ろしていることだろう。

あるとき、華から白い封筒を見せられた。

「お母さんから、バースデーカードが来た」

そう言って華は、中から美しいカードを引っ張り出した。娘の十七歳の誕生日を祝う、母親らしい文面だった。もちろん、僕のことなんてひと言も書いていない。

これが、エマさんが生前用意していたものであることは間違いなかった。誰かに頼んで投函してもらっていることも、その誰かとはおそらく親友の山川晴美《はるみ》さんであることも。晴美さんは、山川先生の奥さんで、美容院を経営している人だ。

華が僕にだけカードを見せてくれたのは、彼女なりの好意と気遣いなのだろう。エマさんと僕との間の、不可思議で説明しようのない絆に、彼女ははっきりと気づいているから。聡い彼女のことだから、限りなく事実に近い部分にまで想像が及んでいるかもしれない。彼女が僕に問い質すことはなかったけれども。

華の許《もと》に、カードは折に触れ、届いた。ちょっとしたプレゼントのこともあった。僕にも何か届かないかと少し期待したけれども、メモ用紙一枚来なかった。この明確な差別には、僕も少々拗《す》ねたくなったものだ。

高校を卒業した後も、華との交友は続いた。十九の誕生日、智氏から振り袖を渡されたそうだ。お母さんから預かっていた品だよ、という言葉と共に。

その後も、華の許にカードはずっと届いていたという。一度、晴美さんにカマをかけてみたが、それは見事にすっとぼけられたそうだ。

エマさんが娘には慈雨の如く愛を注ぎ、僕に対してはごく冷淡で薄情であることを、すっかり諦めかけた頃、僕は一枚のカードを受け取った。


親愛なるユウスケ様。

こうなるってわたしにはわかっていました。

おめでとう。そしてありがとう。二人の未来が幸福に包まれていると、予言しておきます。

タイムトラベラーより

僕と華の、結婚式の朝のことである。

式には、一足先に結婚した翼《つばさ》と美鳥《みどり》の夫婦も駆けつけてくれた。

「二人とも、散々、違う違うと言っていたけど、やっぱりこうなった」と翼は鬼の首でも取ったように言っていた。

僕は式の前に花嫁にカードを見せて、「落ち着いたら、二人ではるひ野に行こう。君に聞いて欲しいことがある」とささやいた。

今年の桜はもうとっくに散っている。けれどまた、来年には咲くだろう。死んだように冬枯れた野にも、春にはまた一斉に緑が芽吹く。種が落ち、根が残り、四季と共にくり返し、くり返し……。僕は妻となった女性に、野原と同じ名を名乗った少女のことを語ろう。一人の母親の旅路と、生と死についても。

——つまるところ、人の死とはいったい、何なのだろう?

僕の中で、はるひは永遠に消えることがなく、くり返し、くり返し、夢に、そして追憶に、びっくりするほど鮮やかな姿で現れてくれる。とすればこれは、別離ではない。終わりでもない。

僕はカードを丁寧に内ポケットにしまい、花嫁の手を引いた。

僕たちは今まさに、約束された幸福に向けて、歩き出す。僕らの目の前には、常に真っさらの未来があるのだ。

あとがき

本書は『ささらさや』、『てるてるあした』（共に幻冬舎文庫）に続く佐々良シリーズ三作目であり、シリーズ最後の作品となります。前二作同様、本書も独立した内容となっていますので、この作品からお読みいただいても特に問題はない、はずです。

思えばシリーズ第一作目第一話の「トランジット・パッセンジャー」を『星星峡』に載せていただいたのは１９９８年9月号のこと。自分でも、「うわー、大昔だわ」と思います。遅筆にもほどがあるだろう、と。そして、本書を世に出していただくまでに、ずいぶんいろいろあったなあと、しみじみ思います。本当なら二年前には完成していたはずなのですが、諸事情あって大幅に遅れてしまいました。各方面にご迷惑、ご心配おかけしましたこと、心よりお詫び申し上げます。

蛇足ながら本書について二、三、申し上げておきたいことがあります。

まず、タイトルにもある「はるひの」という地名について。ご存じの方も多いでしょうが、実は同じ名前の駅が存在しています。何かの用事で出かけた際、「次はー、はるひのー」という車内アナウンスを聞いて、なんと美しい響きの地名なのだろうと思いました。そして、「はるひの」とはいったいどんなところなのだろうと想像を巡らせたのが、本書を書き始めるきっかけとなりました。とはいえ未だ一度もその駅で降りたことはなく、本書内の描写はすべて想像の産物であり、実在のはるひのとはまったく無関係であることを明言しておきます。

もう一つ、作中、〈ヴィレッジ症候群〉なる言葉が出て来ますが、これは物語の必要上、私が創作したものです。実際にはこのような病気、及び病名は存在していません。念のため、申し添えておきます。

最後に本書の内容について。

私の〈諸事情〉についてご存じの方は、本書を読まれて「ああ、だからこういう物語になったのね」と納得されるかもしれません。けれどそれは違います。本書の大まかなプロットは、そのアクシデントが起こる前には完成していました。作者自らわざわざこういうことを言うのもヤボなのでしょうが、私の中で「そう思われたくない」という気持ちが強く、敢えてここでお伝えさせていただくことにしました。完全なる私の我が儘であり、自己満足ではありますが、どうぞお許し下さいませ。

末尾ではありますが、私と二人三脚でこの作品を創り上げてくれた幻冬舎の君和田麻子さんと、いつも素敵なイラストを描いて下さっている菊池健さん改め十日町たけひろさんに、心より御礼申し上げます。お二人のお力で、よれよれのランナーはどうにか最後まで走りきることができました。また、私の新作を辛抱強く待って下さっている読者の方々、支え続けてくれた家族や友人にも、限りない感謝を込めて本書をお届け致します。本当にありがとうございました。

加納朋子

二〇一三年　春の終わり頃

初出

「はるひのの、はる」パピルス43号（2012年８月）
「はるひのの、なつ」パピルス44号（2012年10月）
「はるひのの、あき」パピルス45号（2012年12月）
「はるひのの、ふゆ」パピルス46号（2013年２月）
「ふたたびはるひのの、はる　前」パピルス47号（2013年４月）
「ふたたびはるひのの、はる　後」パピルス48号（2013年６月）

〈著者紹介〉
加納朋子　1966年福岡県生まれ。92年「ななつのこ」で第3回鮎川哲也賞を受賞し、作家デビュー。95年に「ガラスの麒麟」で第48回日本推理作家協会賞（短編および連作短編集部門）を受賞。著書に『ささら さや』『てるてるあした』『モノレールねこ』『ぐるぐる猿と歌う鳥』『少年少女飛行倶楽部』『七人の敵がいる』、エッセイ『無菌病棟より愛をこめて』などがある。

GENTOSHA

はるひのの、はる
2013年6月25日 第1刷発行

著　者　加納朋子
発行者　見城 徹

発行所　株式会社 幻冬舎
〒151-0051 東京都渋谷区千駄ヶ谷4-9-7

電話:03(5411)6211(編集)
03(5411)6222(営業)
振替:00120-8-767643
印刷・製本所:中央精版印刷株式会社

検印廃止

Printed in Japan
ISBN978-4-344-02413-7 C0093
幻冬舎ホームページアドレス　http://www.gentosha.co.jp/

この本に関するご意見・ご感想をメールでお寄せいただく場合は、comment@gentosha.co.jpまで。